MON CHEVAL DE BATAILLE

ROMANS
DIDIER
JEUNESSE

DELPHINE PESSIN

MON CHEVAL DE BATAILLE

**Retrouvez la playlist de l'autrice sur Deezer
en suivant ce lien :
http://bit.ly/MonChevalDeBataille**

1. Eddy de Pretto, *Desmurs*, album « Cure », 2018.
2. Laurent Voulzy, *Rockollection*, album « Belle-Île-en-Mer », 1977.
3. Grand Corps Malade, *J'ai pas les mots*, album « Enfant de la ville », 2008.
4. Grand Corps Malade, *Jour de doute*, album « 3e Temps », 2010.
5. Grand Corps Malade, *Funambule*, album éponyme, 2013.
6. Fleo, *Nos liens*, 2021.
   https://soundcloud.com/fleo-x/fleo-suis-moi
7. Clara Luciani, *La Grenade*, album « Sainte-Victoire », 2018.

Je dédie ce roman à Manuelle.

CHAPITRE 1

ARTHUR

C'est fort, et fragile, le bonheur. On le prend comme une évidence, on croit qu'il durera toujours. On ne devrait pas.

Quand j'ai découvert l'affiche, sur le mur du club de voltige, mon cœur s'est emballé de joie. Je n'aurais pas été plus heureux devant un énorme cadeau de Noël au pied du sapin.

Spectacle équestre unique au monde!
La légende d'Excalibur.
Voyagez dans le temps et découvrez l'esprit chevaleresque de l'époque arthurienne!

J'ai appris à monter avant même de savoir lire. J'ai tellement asticoté mes parents qu'ils ont fini par céder et m'ont inscrit au baby-poney. Sans me vanter, je suis plutôt bon cavalier. J'adore la sensation qu'on éprouve à tenir en équilibre, les mains lâchées sur un cheval au galop. J'ai l'impression de voler. Dans ces moments-là, je ne suis plus Arthur, un simple garçon de dix ans, je suis libre, et invincible.

– Mathilde, tu as vu? Ça a l'air génial!

Ma meilleure amie n'a pas répondu tout de suite. Elle a pris le temps de détailler l'image et de lire les inscriptions.

Sur l'affiche, un homme est renversé sur le dos d'un cheval en mouvement. Derrière lui, deux chevaliers avec des heaumes le poursuivent en brandissant leur épée.

– Oui, j'avoue, j'ai très envie d'y aller, a-t-elle fini par répondre. Tu crois que nos parents seront d'accord ? C'est pas la porte à côté, quand même !

J'ai haussé les épaules, l'air de dire : « Il suffira de les convaincre. » Je sais me montrer persuasif, quand il le faut. En fait, cela a été encore plus simple que je l'imaginais.

J'ai employé une stratégie imparable, baptisée CRDF : Chambre Rangée, Devoirs Faits. Ça marche à tous les coups. Ma mère a fait semblant d'hésiter avant de dire qu'elle devait en discuter avec mon père, mais je sentais que c'était gagné d'avance. J'avais raison. Le soir, quand maman a évoqué le spectacle, papa a à peine eu le temps de réagir que, déjà, j'envoyais une deuxième charge :

– Allez, papa, ça fait longtemps qu'on n'a pas fait d'activité en famille.

J'avais sorti l'artillerie lourde, je savais très bien qu'il ne pourrait pas résister. D'abord, parce que la culpabilité, c'est drôlement efficace. Ensuite, parce que je m'étais contenté de dire la vérité. Depuis qu'il a accepté ce nouveau poste d'ingénieur en sécurité informatique, mon père rentre souvent tard. D'ailleurs, même quand il est là, il n'est pas très disponible. L'été dernier, il a passé les vacances pendu à son téléphone. Cela fait des siècles qu'on n'est pas allés au cinéma, au parc ou à la pizzeria tous ensemble.

J'ai surpris le regard de ma mère. Elle pointait le menton vers mon père d'un air un peu provocant. Le message était clair : « Es-tu capable de te libérer une soirée pour la passer avec nous ? »

Papa ne s'est pas dégonflé, il a accepté le défi.

– Pas de problème, a-t-il assuré, c'est même une très bonne idée.

Voilà comment l'affaire a été réglée.

Maman a dressé un pouce victorieux avant de retourner dare-dare derrière son écran. Elle est prof de maths et passe des heures à préparer des cours ou à corriger des copies.

– Merci ! j'ai dit à mon père en lui sautant au cou.

Son portable a sonné et il a répondu à l'appel en me tapotant le dos. J'ai compris que c'était sa version d'un câlin affectueux et je l'ai serré fort contre moi.

J'étais tellement heureux que je me suis mis à cavaler dans le couloir en poussant un cri de joie, à la manière des cow-boys dans les rodéos.

– You ouh ! You ouh !

– Tu peux arrêter ce bordel ?

J'ai refermé la bouche. Oups. J'avais complètement oublié de préparer le terrain avec Viviane.

Ma sœur était sortie de sa chambre et se tenait, bras croisés, devant la porte barrée d'un énorme sens interdit.

– Il y en a qui bossent, je te signale.

Elle a fait demi-tour et s'apprêtait à me claquer la porte au nez. J'ai été le plus rapide en glissant un pied dans l'ouverture.

– Qu'est-ce que tu veux ? a-t-elle aboyé.

– J'ai un truc à te dire.

J'ai balayé la pièce du regard. C'était le bazar total, tout le contraire de ma chambre. Le lit pas fait, les vêtements en boule qui traînaient un peu partout. Sur le bureau où elle est censée travailler, il n'y avait aucun livre, seulement une sono et un énorme casque. L'ordinateur était ouvert par terre, sur le tapis. Selon Viv, être assise sur une chaise empêche la concentration.

J'ai toussoté dans mon poing, avalé ma salive, ça n'allait pas être facile facile. Ces derniers temps, je ne sais plus trop comment communiquer avec elle. Elle râle beaucoup, se dispute souvent avec maman et m'adresse à peine la parole.

– Ben alors, t'attends quoi ? Le déluge ? s'est-elle agacée.

J'ai débité d'une traite :

– Il y a un spectacle équestre la semaine prochaine, on y va tous ensemble, c'est génial !

Autant tout déballer d'un coup, quitte à me mettre à l'abri après l'impact. J'ai reculé d'un pas, et ça n'a pas manqué. Elle a commencé à brailler :

– Quoi ? La semaine prochaine ? Samedi prochain ? Ne me dis pas que c'est *ce samedi-là* !

J'ai affiché un air désolé pour confirmer la date, alors que je n'étais pas désolé du tout. Viviane s'est levée brutalement, m'a bousculé pour sortir de la chambre. Elle a traversé le couloir jusqu'au bureau de notre mère et je l'ai l'entendue hurler qu'il n'était pas question qu'elle nous accompagne à ce spectacle pourri.

– J'ai une vie sociale, moi aussi !

– Tu sais à quel point cela fera plaisir à ton frère, a argumenté maman.

Ça ne servait pas à grand-chose d'utiliser la logique. J'ai compris depuis longtemps que dans ces cas-là, il vaut mieux laisser passer l'orage. Viviane était à fond, et elle a continué sur sa lancée.

– Mon frère, mon frère. Il n'y a que ton petit chouchou qui compte ! Et moi alors ? Tout le monde s'en fiche, de ce qui me ferait plaisir !

– Ce n'est pas vrai ! Si tu nous en avais parlé avant, on n'aurait sûrement pas bloqué cette date.

– Tu parles, tu t'en fiches complètement, de ruiner ma vie.

La voix de ma mère a enflé.

– Maintenant, c'est décidé, tu viens avec nous. Tu auras plein d'autres occasions de sortir avec tes amis !

– Qu'est-ce que c'est que ce vacarme ? a fait papa en s'approchant à grands pas.

J'ai poussé un soupir en me détournant. Je n'avais pas l'intention d'entendre la suite, je la connaissais par cœur. Le bruit de la dispute s'est noyé dans un brouillard sonore quand j'ai refermé la porte de ma chambre.

Mon refuge.

Je me suis assis sur la chaise en forme de selle et j'ai observé Bob. Il me regardait d'un air tranquille en mâchant du foin. Quand j'ai dû choisir le papier peint de ma chambre, j'avais cinq ans. Je me souviens à quel point cet immense panneau me paraissait cool. Il représente un box avec un poney marron à la crinière impeccable. Maintenant que je suis en CM2, je reconnais que ça fait un peu bébé, ce décor, mais je n'ai pas vraiment envie de le changer pour l'instant. Et pour rien au monde je n'avouerais avoir donné un nom au poney de la photo. Je l'ai baptisé Bob, comme ma première monture au club. Il lui ressemble comme deux gouttes d'eau, à part la crinière, que le vrai Bob avait tout emmêlée.

J'ai pivoté sur ma chaise pour ouvrir le vieil ordinateur posé bien au centre de mon bureau. Quand mon père a changé le sien, j'en ai hérité, et même s'il met une éternité à s'allumer, je ne me plains pas. Déjà que je n'ai pas le droit d'avoir un téléphone, c'est un miracle que j'aie un ordi à moi.

Ma boîte mail s'est enfin ouverte. Bye bye, le drame familial qui se jouait à l'autre bout de la maison ! J'ai commencé à taper :

De : arthurexcalibur@gmail.com

À : mathilde.2011@gmail.com

Objet : spectacle

Salut Mathilde,

C'est génial, mes parents sont d'accord ! Je voudrais déjà y être !

CHAPITRE 2

VIVIANE

À l'approche du grand soir, Arthur est quasiment devenu hystérique. Il ne parlait que de la représentation, essayant de deviner les cascades que feraient les acteurs. Il commençait à me prendre sérieusement la tête. Un jour, à table, j'ai fini par exploser.

– Tu vas arrêter de nous soûler avec ton spectacle ! Déjà que je suis obligée d'y aller, on pourrait au moins bouffer tranquillement !

Il a quitté son sourire, comme on éteint la lumière. Ma mère est intervenue, sans se départir de son calme :

– Viv, tu ne parles pas comme ça à ton frère. Et mange un peu, tu n'as pratiquement rien avalé.

Bien entendu, elle ne comprenait pas que m'imposer cette sortie était une injustice totale. D'un coup de fourchette rageur, j'ai écrabouillé les brocolis dans mon assiette.

– J'ai pas faim. Tu me gâches la vie et après, tu crois que je vais avaler tes légumes dégueus ?

– Viviane, ça suffit !

Sans prendre la peine de lui répondre, j'ai balancé ma fourchette et repoussé ma chaise.

– Tu ne sors pas sans débarrasser ton assiette !

Toujours silencieuse, j'ai ostensiblement attrapé mon couvert, fourré le tout en vrac dans le lave-vaisselle avant d'en claquer la porte. Ma mère a grondé :

– Puisque tu ne daignes pas dîner avec nous, tu peux en profiter pour ranger ta chambre !

J'ai préféré me diriger vers le salon pour aller squatter le canapé. Hors de question que je lui obéisse comme un brave toutou. Maman s'est pincé le nez entre le pouce et l'index en respirant doucement, elle fait toujours ça quand elle est sur le point de craquer.

– Bonjour l'ambiance, a commenté mon frère.

J'ai allumé la télé avec le son au minimum et, du coin de l'œil, j'ai lorgné la cuisine ouverte. L'assiette d'Arthur était intacte. Apparemment, je n'étais pas la seule à trouver les légumes infâmes. Ma mère a fixé les deux chaises vides. La mienne et celle de mon père, qui n'avait pas pu rentrer à temps pour manger avec nous. Elle a poussé un gros soupir.

– Je suis sûre que ton spectacle est formidable, a-t-elle dit à mon frère. On va tous passer une excellente soirée.

Une pointe de regret est montée en moi, et, à l'instant où je me disais que peut-être, j'avais un peu exagéré, Arthur lui a adressé son sourire d'enfant-parfait-qui-m'énerve-tant.

– Ouais, ça va être génial, a-t-il affirmé. Et ne t'inquiète pas pour Viv, je parie qu'elle aussi va adorer.

Alors là, il pouvait rêver. J'ai fait mine de ne rien avoir entendu et ignoré superbement son regard insistant. Il veut toujours jouer le rôle de pacificateur, or ce soir, je n'avais pas envie de faire la paix.

– Bon, ils sont si mauvais que ça, mes brocolis ? a questionné ma mère. Pourtant, j'ai suivi la recette à la lettre.

– Ben… c'est-à-dire que…

Un sourire a frisé au coin de mes lèvres. L'air embarrassé de mon frère était franchement comique. Il contemplait l'espèce de tas informe qui flottait dans son assiette, en plein dilemme : devait-il mentir pour épargner maman, ou bien être franc au risque de la vexer ? Papa nous aurait concocté un délicieux gratin s'il avait été là. Il cuisine super bien, et avant qu'il change de poste, il préparait la plupart des repas. Cela dit, il en fallait plus à ma mère pour être touchée. Bonne joueuse, elle a reconnu sa défaite en riant :

– Que veux-tu, je suis irrécupérable, tu le sais bien !

Elle s'est levée et a inspecté le contenu du frigo.

– Un Flanby, ça te dirait ?

– Yes !

Une envie de Flanby est montée en moi, irrésistible. À présent, je ne faisais plus semblant de regarder la télé.

– Oh, il reste pile trois crèmes ! s'est exclamée ma mère (Elle a fait mine de contrôler la date de péremption sur le paquet.) Et elles sont périmées demain. (Elle jouait super mal la comédie.) Ce serait dommage de jeter la dernière…

Elle a sorti trois assiettes à dessert et les a posées sur la table. Mon frère en a rajouté une couche.

– Viviane, tu viens ? Sinon, je vais être obligé d'en manger deux.

Je me suis arrachée du canapé et les ai rejoints d'un pas traînant.

– OK, OK, je me sacrifie…

Ma mère a religieusement distribué les flans et on a retiré l'opercule avant de poser chacun notre pot à l'envers sur l'assiette. Puis, comme dans une danse bien orchestrée, on a ôté la petite languette qui recouvrait le trou dans le plastique.

– Prêts ? a demandé maman.

J'ai fait un signe de la tête et, exactement à la même seconde, on a soulevé le pot. Le caramel a coulé sur la crème.

Moment de joie parfait.

Ça peut paraître débile, mais c'est notre petit rituel à nous, la dégustation de Flanby.

On a savouré la première cuillerée.

– Mmm, ch'est trop bon, a commenté Arthur.

J'étais bien d'accord, même si je n'avais pas l'intention de le dire à voix haute. Au moment où je versais les dernières gouttes de caramel sur ma langue, j'ai croisé le regard de maman. Dans ses yeux, j'ai vu qu'elle souriait.

Trois jours plus tard, retour de la blues attitude. On était samedi, j'avais seize ans et j'étais condamnée à passer la soirée avec mes parents. En plus, comme la représentation avait lieu à une heure de chez nous, on emmenait Mathilde, la grande pote de mon frère. Je me retrouvais donc sur le siège arrière à côté des gosses, à fixer la route qui défilait. Dans la vitre, je voyais le reflet de mon visage banal. Yeux bleus sans éclat, tignasse marron, lèvres trop minces. J'ai enfoncé les écouteurs dans mes oreilles, bien décidée à tirer la tronche toute la soirée. Puisqu'on me forçait à assister à ce stupide spectacle, je n'allais pas en plus faire semblant d'apprécier.

Vous allez voir si vous pouvez me traiter comme une gamine.

Arthur, monté sur ressorts, agitait les bras en expliquant quelque chose à sa copine. Probablement qu'il commentait pour la énième fois le programme du spectacle. (Il était allé jusqu'à demander à papa de l'imprimer !) Il peut être du genre obsessionnel, quand il s'y met. J'ai monté le son de mon iPhone au maximum. Une voix de synthèse m'a avertie :

« Une écoute prolongée à fort volume peut endommager vos oreilles. Appuyez sur OK pour autoriser l'augmentation du volume au-delà du seuil de sécurité. »

Qu'est-ce que je m'en fichais, de me bousiller les oreilles ! Pendant que je m'ennuierais comme un rat mort, Lily-Rose irait chez Maxime. Elle avait promis de m'envoyer des messages pour me tenir informée du déroulement de la soirée, ce qui, au final, n'était peut-être pas une super idée. Cela servirait seulement à me montrer en direct tout ce que j'allais manquer. À tous les coups, cette prétentieuse de Tiffany en profiterait pour draguer Maxime. Si ça se trouve, lundi matin, ils seraient en couple. L'horreur.

L'image du garçon dont j'étais secrètement amoureuse a flotté derrière mes paupières closes, tandis qu'une chanson saturait mes tympans. Eddy de Pretto me disait combien il est difficile de parler d'amour, et qu'on se construit des murs pour cacher son trouble. C'était exactement ce que je ressentais.

J'ai été tirée brutalement de ma bulle musicale par une agitation à côté de moi.

– Stop, arrête-toi ! ai-je hurlé à mon père en arrachant mes écouteurs.

C'était Arthur. Pâle comme la craie, il plaquait de toutes ses forces une main sur sa bouche en émettant des hoquets sonores. Papa a juste eu le temps de se garer que mon frère avait déjà commencé à vomir. Totalement répugnant.

– Nickel ! ai-je marmonné. C'est vraiment ce qui manquait pour que cette soirée soit parfaite !

Je me suis tassée dans le recoin du siège pour éviter le contact, sans pouvoir m'empêcher de respirer l'odeur infecte qui s'était répandue à l'intérieur. Arthur avait rendu sur la chaussée, mais la portière était tout éclaboussée.

– C'est passé mon cœur ? s'est inquiétée ma mère en fronçant le nez.

– Oui, j'ai juste un peu la migraine.

Il n'avait pas l'air au mieux de sa forme. Elle lui a tendu une bouteille d'eau et a farfouillé dans son « sac à bazar », comme elle l'appelle. Genre, c'est comme un couteau suisse, on y trouve tout ce qui peut être utile en n'importe quelle circonstance. Elle a fini par dénicher une boîte de paracétamol.

– Tiens, prends un comprimé. Et bois beaucoup, tu dois être déshydraté. Tu es sûr que ça va aller ?

– Est-ce que tu as mangé des cochonneries avant de venir ? a coupé papa sans le laisser répondre.

C'est un fait établi qu'Arthur est accro aux bonbons. Il a secoué la tête.

– Je te jure, j'ai rien pris, a-t-il protesté comme un junkie qui parle de sa dose. J'ai été mal d'un seul coup, je ne l'ai pas senti venir.

J'ai bien vu que mon père ne le croyait pas. J'aurais pu lui expliquer, moi, qu'Arthur avait déjà vomi plusieurs fois cette semaine. Il m'avait fait promettre de ne rien dire, il ne voulait pas risquer qu'on annule la sortie. Même si je n'avais aucune envie d'assister à son spectacle, je ne l'avais pas dénoncé.

Je suis pas une balance.

Mon père a nettoyé comme il a pu en grommelant qu'il faudrait amener la voiture à la station de lavage le lendemain, sans quoi l'odeur ne partirait jamais.

Ma mère a ignoré son commentaire (elle a une oreille sélective et n'entend que ce qu'elle a envie d'entendre).

– Tu veux un chewing-gum à la menthe ?

J'ai vu Mathilde se retenir de rire pendant qu'Arthur prenait le bonbon. Le côté mère poule de maman peut être marrant, surtout quand elle sort des sucreries de son sac. Des effluves de vomi ont flotté jusqu'à moi, je me suis couvert le nez avec mon écharpe.

– Beurk ! T'es vraiment un gros porc ! ai-je lancé avant de remettre ma musique à fond.

Ma mère a protesté :

– Viv !

– Une sortie en famille, hein ? a murmuré mon père en redémarrant.

Après ça, on a roulé vitres baissées jusqu'à destination sans échanger un seul mot. La soirée s'annonçait formidable.

CHAPITRE 3

ARTHUR

Quand on est arrivés, la température avait dégringolé de plusieurs degrés. Maman avait préparé des couvertures et elle a insisté pour qu'on en prenne chacun une.

– Oui *maman* ! j'ai répondu en même temps que Viviane, et ça nous a fait rigoler.

Puis Viviane s'est souvenue qu'elle faisait officiellement la tête et elle a de nouveau boudé.

La foule avait déjà envahi les gradins. On s'est installés tout en bas, presque en bord de scène. J'étais content parce qu'on était vraiment bien placés. Au bout d'un quart d'heure, la nuit était quasiment tombée et on a jeté notre couverture sur nos épaules. Je me sentais bien, comme dans un cocon. Il y avait un truc magique dans l'air, c'est difficile à expliquer. On était là, des centaines de personnes inconnues assises les unes près des autres, et on attendait tous la même chose.

Une lumière a éclairé la piste ronde, les conversations ont cessé.

C'était incroyable.

L'histoire racontait comment Arthur devint roi. Cette légende, je la connais bien, mes parents nous l'ont lue des centaines de fois. C'est de là que viennent mon prénom et celui de Viviane.

Dans le premier tableau, les acteurs portaient des tuniques colorées. Leurs destriers étaient parés des blasons du roi Uter qui était tombé amoureux d'une femme mariée. La reine Ygerne est apparue sur la piste, dans une robe brillante. Elle a dansé avec son cheval tandis qu'Uter lui faisait sa cour. Elle était si légère que chaque voltige paraissait facile. J'ai senti la jambe de Mathilde se presser contre la mienne. « C'est beau », a-t-elle dit, et j'étais si impressionné que je n'ai pas pu lui répondre.

J'ai aperçu papa qui prenait la main de maman. Mon cœur s'est mis à battre un peu plus vite, je ne sais pas si c'était à cause de Mathilde tout près, ou simplement parce que j'étais heureux. Même Viviane semblait captivée. Son iPhone serré dans le poing, elle gardait les yeux scotchés à la piste.

Ensuite, il y a eu une scène de bataille terrible. Le mari trompé chassait les intrus avec ses soldats. Les épées s'entrechoquaient, certains tombaient à terre, d'autres criaient leur victoire dans une chorégraphie d'enfer. Les projecteurs se sont éteints et on s'est retrouvés dans le noir. Une musique lente a retenti, je la sentais vibrer jusque dans ma poitrine. Une voix off a annoncé la naissance d'Arthur, l'enfant d'Ygerne et d'Uter. Un jeune acteur est entré dans un cercle lumineux, debout sur sa monture. Le « debout » est la figure la plus difficile en voltige, la plus dangereuse aussi. L'acteur a bondi d'un côté et de l'autre de son cheval qui galopait à bride abattue. Je retenais mon souffle. Envolé mon mal de tête. Je ne sentais plus ni le froid ni la fatigue qui m'écrasaient tout à l'heure.

Un jour, je serai capable de faire pareil, j'ai pensé, émerveillé.

Dans la dernière partie, le roi Uter est mort sans avoir de successeur légitime. Les hommes qui se disputaient son trône ont défilé dans une danse sauvage. Chacun leur tour, ils ont tenté de s'emparer d'Excalibur, l'épée ensorcelée par Merlin pour désigner le véritable héritier. Évidemment, aucun n'y est arrivé. Arthur est alors apparu. Il a fait deux tours complets en enchaînant les acrobaties à une vitesse folle, et tout à coup, il s'est immobilisé devant l'épée.

Le silence était absolu, on n'entendait aucun bruit dans le public. Lentement, le jeune roi a brandi Excalibur. Les chevaliers l'ont entouré et leurs montures ont plié les genoux pour se prosterner devant lui. C'était la fin. Les applaudissements ont crépité. Comme les autres, je me suis levé pour acclamer les comédiens, hommes et chevaux. Des petites étincelles électriques zigzaguaient dans mes veines, je me suis tourné vers mes parents.

– Est-ce que ce n'est pas le truc le plus dingue que vous avez jamais vu ?

Mon père a entouré mes épaules, maman avait les yeux brillants, Mathilde a opiné en silence.

– Ouais, c'était pas mal, a lâché Viviane en prenant un air blasé. Pas de quoi en faire des caisses, mais pas mal.

Comme si je ne voyais pas qu'elle était émue, elle aussi.

Les gens commençaient à partir et je ne pouvais pas me résigner à en faire autant. Quelques artistes revenaient pour saluer les spectateurs. Un ultime tour de piste sous les bravos.

– On attend encore un peu, j'ai réclamé, en me collant à la rambarde qui séparait les gradins de la scène.

L'homme qui jouait Merlin s'est approché de nous. Ou plutôt, son cheval l'a entraîné dans notre direction. Viviane s'est perchée sur la barrière pour mieux observer le pur-sang à la robe baie.

– Regarde, il vient vers toi !

C'était un animal magnifique. Il s'est avancé droit sur moi comme s'il me connaissait. Il s'est approché jusqu'à me toucher, a appuyé sa tête contre la mienne et je lui ai caressé les naseaux.

– On dirait qu'il t'aime bien, a remarqué Merlin.

Sa voix était douce, d'une douceur étrange. Il a jeté un coup d'œil à mon père qui se tenait à mes côtés.

– Je vous présente Zahir. C'est un animal très spécial.

– Il est superbe.

– Il est aussi très sensible, a précisé l'acteur.

J'ai tendu le bras pour gratter le front de Zahir et j'ai cru voir une ombre passer sur le visage de l'homme. Pourquoi avait-il l'air aussi triste ? J'ai repoussé cette impression et me suis un peu écarté pour laisser la place à Mathilde et Viviane. Pendant qu'on cajolait Zahir, l'homme s'est éloigné de quelques pas pour parler avec papa. Maman, empêtrée dans sa couverture, n'a pas entendu ce qu'ils se disaient, mais moi, j'ai bien vu que mon père fronçait les sourcils. Brusquement, il a secoué la tête et s'est reculé, comme s'il voulait mettre le plus de distance possible entre l'homme et lui.

– C'est l'heure de partir ! nous a-t-il ordonné d'un ton sans appel.

Viviane m'a interrogé :

– Qu'est-ce qui lui prend ?

J'ai haussé les épaules. On aurait dit que mon père venait de recevoir un coup de cravache en pleine figure. Le visage durci, il nous a entraînés vers le parking. Il marchait si vite que je peinais à le suivre. Maman lui a attrapé le bras pour l'arrêter.

– Que t'a dit cet homme pour te mettre dans cet état ? a-t-elle demandé.

– Peut-être que Merlin lui a jeté un sort ! a blagué Viviane.

Mon père n'a pas eu l'air de trouver ça drôle. Il a fait claquer sa portière.

– Il ne m'a rien dit qui vaille la peine d'en parler.

Je ne comprenais pas, il semblait si heureux tout à l'heure. On a démarré dans un silence de mort que j'ai fini par rompre.

– Ça ne t'a pas plu ?

– Si, c'était très bien, vraiment, j'ai beaucoup aimé, a-t-il répondu d'un ton plus doux, l'air ailleurs.

Mathilde a évoqué avec ma mère les moments qu'elle avait préférés. Viviane a râlé parce qu'elle avait froid. Moi, je n'entendais plus rien. Tant pis pour mon père et sa mauvaise humeur. J'ai redéroulé le film du spectacle dans ma tête et, bercé par le roulis de la voiture, je me suis endormi.

Comment aurais-je pu savoir que tout était déjà joué quand Zahir m'avait touché ? Ma vie allait basculer, et moi, je rêvais qu'un jour, je m'envolerais sur un cheval au galop.

CHAPITRE 4

ARTHUR

Toute la journée du dimanche, papa a gardé son air sombre, on aurait dit qu'il avait fermé la porte à clé. Au cours du dîner, il n'a presque pas prononcé un mot. Déjà que Viviane continuait sa campagne de «je fais la tête à tout le monde», ça devenait franchement nul.

– Il y a quelque chose qui te contrarie? l'a questionné maman qui essayait d'entretenir la conversation.

– Non, non, ne t'inquiète pas. Un problème au boulot, c'est tout.

Plusieurs fois, je l'ai surpris en train de me regarder avec insistance. Mon assiette était pleine. Il avait cuisiné des *linguine* aux palourdes et d'habitude, je me jette dessus comme un mort de faim.

– Tu vas mieux? Tu n'as quasiment rien mangé.

– Ça va.

Je ne mentais pas. Je n'avais plus mal au crâne, et je me sentais seulement un peu vaseux parce que j'avais dormi jusqu'à midi. Papa a horreur qu'on fasse la grasse matinée. «L'avenir appartient à ceux qui se lèvent tôt», aime-t-il répéter. Là, il n'avait fait aucune réflexion.

Ça aurait dû me mettre la puce à l'oreille.

Le lendemain matin, à l'école, mon copain Théo a baissé la tête, dépité.

– Oh là là, je me suis planté, ma mère va me tuer!

On sortait d'une évaluation de maths et on se dépêchait pour ne pas manquer une minute de récré.

– Toi ça va, évidemment, tu vas encore avoir une super note.

Je n'ai pas répondu. Ce n'est pas mon style de me vanter, bien que j'assure pas mal en maths. C'est ma matière préférée.

– J'ai trouvé que c'était long, j'ai eu du mal à boucler le dernier exercice, j'ai prétendu.

– Si toi tu as peiné, je ne te raconte pas la note que je vais avoir !

Il a poussé un soupir résigné et jeté son blouson dans un coin.

– Allez viens, on se fait un foot !

Je l'ai suivi sans discuter, même si je me sentais patraque. Je n'avais rien pu avaler au petit déjeuner et mon estomac commençait à gargouiller. On a rejoint la bande habituelle, Anthony, Hugo, Zaïtoune et tous les autres. La partie a commencé sans que je touche un ballon.

– Qu'est-ce qui t'arrive ? a crié Théo.

– J'arrête deux minutes ! j'ai soufflé avant de m'échouer sur le banc au fond de la cour.

Mathilde était assise avec ses copines. Elle m'a tout de suite parlé du spectacle.

– C'était tellement bien ! Les voltigeurs étaient géniaux, j'aimerais être aussi douée qu'eux !

– Je suis sûr qu'un jour, on y arrivera. Suffit de s'entraîner.

Elle a fait défiler les photos du spectacle pour les copines, et comme un milliard de fois auparavant, j'ai regretté de ne pas posséder de téléphone. J'aurais pu garder une trace de la soirée.

– Tu viens ? m'a relancé Théo, en nage.

La sonnerie a retenti, trop tard pour reprendre le match.

– Désolé, on jouera cet après-midi, j'ai promis en me levant péniblement.

– T'es chiant, tu aurais pu rester avec nous, quand même !

– Je crois que j'ai un peu la crève. Juré, je me rattrape tout à l'heure.

– Ouais, dis plutôt que tu avais envie de passer du temps avec Mathilde...

Difficile de ne pas rougir. J'adore Théo, mais des fois, il raconte n'importe quoi. Mathilde est une copine, on aime tous les deux les chevaux, c'est tout. Théo m'a fait un clin d'œil raté. Il plisse les deux yeux, cet idiot, ce qui donne une grimace comique.

– Ouais, si tu veux. Moi, je dis ça, je dis rien.

– Ben dis rien alors.

C'est à ce moment précis que cela s'est produit. Tandis qu'on rigolait tous les deux, j'ai senti un petit tourbillon dans ma tête. J'ai tangué comme le vieux monsieur devant le centre commercial, celui qui a toujours une bouteille de vin avec lui. D'ailleurs, Théo s'est moqué de moi :

– Eh, t'es bourré ou quoi ?

Le tourbillon est devenu plus rapide, il s'est propagé dans mon corps. C'était bizarre, j'avais très chaud tout à coup. Le couloir a chaviré, les élèves parlaient fort, ils hurlaient, même. Le bruit m'a recouvert, a explosé dans mon crâne.

– Arthur, qu'est-ce que tu as ? Tu saignes !

J'ai porté la main à mes narines. Un liquide rouge a poissé mes doigts et coulé sur mes vêtements. *Non*, je me suis dit, *la tache ne va jamais partir et c'est mon tee-shirt préféré !*

C'est le dernier truc que j'ai pensé avant de m'écrouler.

– Maîtresse ! a hurlé Théo. Venez vite !

Mes pieds se sont enfoncés dans le sol et je n'ai plus rien entendu.

Chapitre 5

VIVIANE

Quand mon père est rentré, j'ai su tout de suite que quelque chose clochait. Mes parents m'avaient bien laissé des messages vocaux et des textos me pressant de les rappeler, mais je m'étais mise en mode avion, juste pour les emmerder. J'étais furieuse contre eux. Comme prévu, la soirée chez Maxime avait été géniale, pratiquement toute ma classe y était invitée et j'avais passé la journée à subir les commentaires enthousiastes des uns et des autres. Lily-Rose avait bien tenté de minimiser les choses avec un « Ouais, c'était sympa », mais bon, j'étais pas dupe. J'avais loupé la fête de l'année.

Au moins, Maxime n'était pas sorti avec Tiffany. Sur Snapchat, elle avait posté plein de photos les montrant ensemble, mais Lily m'a affirmé qu'il ne s'était rien passé entre eux : « Je te jure, il l'a à peine calculée ! » Ça m'a un peu consolée. Et puis, pour être honnête, le spectacle équestre m'avait bien plu. Non, en fait, j'avais complètement kiffé. Pendant deux heures, j'avais même oublié que cette sortie en famille ruinait ma vie. Évidemment, pas question de le dire aux parents, ils auraient été trop contents.

Mon père est entré sans frapper dans ma chambre.

– Eh ! j'ai protesté en bondissant de mon lit.

– Pourquoi tu ne réponds pas au téléphone ? Ça fait des heures qu'on essaie de te joindre.

– Tu n'as pas le droit d'entrer comme ça !

– Explique-toi.

Ses yeux brillaient de colère et tout à coup, je n'ai plus osé le provoquer.

– Je suis restée en perm pour m'avancer sur un devoir d'anglais, ai-je lâché d'un ton renfrogné.

– Vraiment ? Toute la journée ? Tu me prends pour un imbécile ? Tu peux me dire à quoi sert ce fichu portable si on ne peut pas te parler quand on en a besoin ?

Il hurlait à présent. Je suis restée bouche bée. Qu'est-ce qui se passait ? Pourquoi se mettait-il dans cet état pour si peu ? Brusquement, je me suis aperçue qu'il était tard et que nous étions seuls à la maison.

– Où est maman ?

Mon père s'est appuyé contre la porte.

– Elle est avec ton frère.

J'aurais pu m'en douter, ai-je eu le temps de penser avant qu'il ajoute :

– Ils sont à l'hôpital. Arthur a eu… un petit accident.

– Quoi ?

– Il a saigné du nez et s'est évanoui à l'école.

– C'est grave ?

Il s'est avancé pour s'asseoir sur mon lit. En fait, il n'était pas en colère mais inquiet. D'un seul coup, un affreux pressentiment m'a traversée. L'idée absurde que rien ne serait plus jamais pareil, après ce moment. Mon père est demeuré silencieux quelques minutes, comme s'il remuait ses pensées, puis il a repris :

– Je dois y retourner pour leur apporter des affaires de rechange, tu restes là ?

– Non.

La réponse m'avait échappé. En réalité, je n'avais pas envie de l'accompagner, l'hôpital, ce n'est pas trop mon truc. Mais j'avais encore moins envie d'attendre toute seule dans la maison vide. Alors, j'ai choisi d'y aller.

La dernière fois que je suis entrée dans un hôpital, c'était pour la naissance d'Arthur. J'avais cinq ans et demi et je clamais à tout mon entourage que j'allais être grande sœur. La main dans celle de mon père, j'avais pénétré dans le bâtiment immense, ça ne sentait pas très bon. On avait marché pendant une éternité d'au moins cinq minutes avant de parvenir à la chambre. On était entrés à pas feutrés. « Chut, peut-être qu'il dort », avait soufflé papa.

Je m'étais approchée du berceau transparent, soudain intimidée. J'avais lancé un sourire hésitant à maman avant d'examiner l'objet de toutes les conversations depuis des mois. J'avais été très déçue. Où était le poupon joufflu avec qui je pourrais jouer ? À la place, il n'y avait qu'un boudin fripé enveloppé dans un pyjama jaune. Pas de quoi faire tant d'histoires ! Ma mère avait souri fièrement en me présentant Arthur et je m'étais assise tout contre elle, dans le lit. Mon père avait attrapé mon petit frère comme si c'était la chose la plus fragile qu'il avait jamais eue à porter, puis il l'avait déposé dans mes bras. J'avais senti son poids sur moi, et juste derrière, l'étreinte de ma mère. Pendant un moment, un silence avait suspendu le temps. J'observais la bouche minuscule, le nez en bouton et les poings serrés. Son odeur de lait m'avait envahie et tout à coup, il avait ouvert les yeux, les avait plantés dans les miens. Du bleu dans du bleu. Une douce flamme s'était diffusée dans mon cœur. Papa avait caressé le fin duvet du bébé, puis ma joue à moi.

– On est une famille, avait-il murmuré en nous entourant de ses grands bras.

Pour l'heure, l'odeur caractéristique de l'hôpital m'agressait plus que jamais les narines. Le reste était pareil et complètement différent à la fois. Les couloirs s'avéraient aussi longs et labyrinthiques, les gens que je croisais paraissaient anonymes dans leur blouse blanche, comme interchangeables. Pourtant, rien ne ressemblait à ce que j'avais éprouvé en passant la porte de la chambre.

– Salut, j'ai fait bêtement en voyant ma mère se lever.

Elle m'a embrassée vite fait, sans me demander pourquoi je n'avais pas répondu à leurs appels de toute la journée. Cela m'a fait plus d'effet que si elle m'avait accablée de reproches. Ensuite, j'ai tourné la tête vers le lit. Pendant une seconde, j'ai eu du mal à reconnaître le garçon qui s'y trouvait allongé. On l'avait déshabillé pour lui enfiler une blouse blanche à pois verts. Cette espèce d'accoutrement rendrait n'importe qui ridicule, mon frère semblait surtout pitoyable. Il était en train de dormir, une poche de glace serrée dans son poing. Des hématomes bleus et violets recouvraient son nez, s'étendaient sur ses paupières comme les ailes d'un papillon.

– Oh mon Dieu ! s'est exclamé mon père.

– Eh ben dis donc, il ne s'est pas raté, j'ai renchéri.

Ma mère a eu un petit rire.

– C'est moins grave que ça en l'air. Il est tombé en avant et s'est cogné le nez. Même s'il faut le confirmer avec la radio, l'infirmière pense qu'il n'est pas cassé. Il s'en sortira avec deux beaux coquards.

– Il a de la fièvre ? a demandé papa en effleurant le front d'Arthur.

– Oui, un peu. Mais rien de grave, je t'assure, a répété maman.

Il s'est affalé sur une chaise pliante, le visage plus blanc qu'un masque de plâtre. Il paraissait avoir des doutes, comme s'il savait quelque chose qu'on ignorait.

– Ils le gardent en observation ?

– Je ne crois pas, a répondu maman, un peu surprise. À mon avis, dès qu'on aura le résultat des radios, on pourra rentrer.

Devant la mine sceptique de mon père, elle a ajouté :

– Là, il dort à cause des antalgiques, mais tout va bien. Il y a une épidémie de gastros en ce moment, ça explique qu'il ait vomi avant-hier.

– Et son évanouissement ?

– Il n'a pas déjeuné ce matin, c'était sans doute une crise d'hypoglycémie.

Mon père n'a rien dit, il s'est débarrassé de sa veste avec un gros soupir. Je me suis installée au bord du lit, il n'y avait plus de sièges disponibles. À ce moment-là, Arthur a remué et s'est réveillé. Ses paupières avaient doublé de volume et il peinait à ouvrir les yeux. Il a remis la poche sur son nez.

– Vous êtes venus ! a-t-il fait d'un ton étonné.

– Évidemment, qu'on est venus ! j'ai rétorqué.

Une bouffée de remords m'a envahie. Ces derniers temps, je ne lui adressais la parole que pour lui ordonner de me laisser tranquille. Là, il me fixait, tout heureux avec sa tronche fracassée. J'ai tendu la main vers son visage.

– C'est gore. On dirait un maquillage de film d'horreur.

– C'est vrai ? Je ne me suis pas regardé.

– Tu veux voir ?

– Ouais !

J'ai tiré mon téléphone de ma poche arrière et l'ai mis en mode selfie. Arthur s'est redressé et a pris l'appareil pour s'examiner sous différents angles.

– Putain !

– Arthur ! est intervenue maman. Je ne veux pas entendre de grossièretés dans ta bouche.

– Pu… *rée* ! s'est-il corrigé en appuyant sur la dernière syllabe.

Avec un petit sourire, j'ai commencé à jouer à un jeu qu'on avait inventé quand on était mômes :

– PU... *rée de pomme de terre* !

– PU... *naise* ! a-t-il riposté pour me renvoyer la balle.

J'ai tenté un smatch :

– Espèce de CON... *combre* !

– Oh arrête, tu fais... *suer* !

– J'en ai plein le CU... *curbitacé* !

Jeu, set et match. Ma mère a grimacé un faux air fâché. Pendant un instant, on s'est gondolés comme des idiots. Et puis, quelqu'un a frappé deux petits coups à la porte. Un médecin est entré, des documents à la main. Mon père s'est levé d'un bond et on a repris notre sérieux.

– Je vois qu'Arthur a retrouvé sa bonne humeur, a constaté l'homme en saluant papa.

Il a annoncé que les radios confirmaient l'absence de fracture.

– Le malaise est sans doute dû à une gastro-entérite. Cela concorde avec la fatigue et les vomissements de ces derniers jours.

– On peut y aller ? a questionné ma mère.

– On va le garder en observation cette nuit, par mesure de prudence. (Il s'est tourné vers Arthur.) Si tout va bien, on vous libère demain, jeune homme !

La voix de mon père s'est alors interposée.

– Docteur, je dois vous parler.

Sous nos regards médusés, il est sorti dans le couloir avec le médecin. Ma mère a suivi, nous laissant comme deux andouilles dans la pièce. J'ai fixé mon frère qui écarquillait les yeux de surprise.

– Putain ! avons-nous lâché en chœur.

CHAPITRE 6
ARTHUR

Ce matin, ils m'ont examiné sous toutes les coutures. J'ai eu beau essayer de penser à autre chose, c'était impossible. Le médecin du service pédiatrique, un homme à la blouse froissée, a palpé mes bras, mes jambes, mon ventre, observé les petites taches rouges sur ma peau (je lui avais déjà expliqué que je marquais facilement quand je tombais à la voltige). Il m'a fait ouvrir la bouche, tirer la langue, a écarté mes lèvres pour exposer mes gencives un peu enflées et pendant tout ce temps, il a posé des questions. Est-ce que ça se passait bien à l'école, étais-je fatigué depuis longtemps, est-ce que j'avais souvent des saignements de nez, depuis quand j'avais des bleus et des marques ? On aurait dit un interrogatoire de police. Je commençais à en avoir sacrément marre, de tout ce cirque.

Enfin, il m'a fichu la paix et j'ai passé la matinée devant des dessins animés en attendant de pouvoir sortir. Maman s'agitait à côté de moi et papa était au travail. Dans l'après-midi, elle l'a appelé en lui assurant qu'il n'y en avait certainement plus pour très longtemps alors qu'elle n'avait pas l'air tranquille. Elle m'a expliqué que le médecin souhaitait faire un nouvel examen pour poser le diagnostic.

– Le diagnostic ? j'ai répété.

– Ils veulent connaître précisément la cause de ton malaise.

– Je croyais que c'était parce que j'avais une gastro ? Et puis, tu sais bien que je n'ai pas mangé le matin ! Ça arrive de tomber dans les pommes quand on ne prend rien au petit déjeuner.

– Oui… mais le résultat de ta prise de sang est arrivé. Et puis il y a la fièvre, les bleus, la fatigue, les gonflements.

– Ou alors, c'est à cause de ce que papa a dit au docteur hier ? J'ai bien vu qu'il refusait que je sorte. D'habitude, c'est toi qui t'inquiètes pour rien.

Je n'avais pas pu empêcher ma voix d'être geignarde.

– Papa veut juste s'assurer que tu vas bien. C'est ce qu'on veut tous les deux.

Elle a pris une inspiration et a déclaré d'un ton neutre, à la manière dont on récite un discours qu'on a répété :

– Les médecins ont besoin de faire un examen supplémentaire.

– J'en ai marre !

– Je sais mon grand, mais on n'a pas le choix. Il s'agit de prélever des cellules de ta moelle osseuse.

– Ça fait mal ?

Mon cerveau tournait dans le vide. Elle a continué, de la même voix automatique :

– Ne t'inquiète pas, ça se pratique sous anesthésie locale.

– Tu vas rester avec moi ?

– Bien sûr ! Je serai avec toi pendant toute la durée de l'examen. Il a été programmé en début d'après-midi.

– Mais… je sors quand même ce soir ?

Un rictus a tordu sa bouche.

– Je ne sais pas mon cœur, on verra.

Deux heures plus tard, on a franchi la porte d'une petite salle. J'avais un peu froid et le trouillomètre à zéro. L'infirmière m'a accueilli d'un ton joyeux, le même qu'elle aurait pris pour m'annoncer qu'on allait participer à une expérience vraiment fun. Merci beaucoup, je m'en serais bien passé.

– Bonjour Arthur, on t'a expliqué comment on allait procéder ?

J'ai fait oui de la tête, les yeux fixés sur le chariot de soins à côté du lit. Une espèce de grosse seringue était posée sur un champ stérile. Je me suis couché sur le côté comme elle me le demandait et j'ai cherché à accrocher le regard de maman. Elle était comme hypnotisée par les instruments. L'infirmière a écarté les pans de ma chemise d'hôpital. Elle s'appelait Caroline, c'était marqué sur sa blouse. Elle m'a posé un masque sur le nez, ça n'avait pas d'odeur.

– Respire normalement. C'est de l'oxygène mélangé à du protoxyde d'azote, cela va t'aider à te détendre.

Elle a continué à me décrire tout ce qu'elle faisait.

– Je nettoie ta peau à l'endroit où on va prélever la moelle. Tu sais comment s'appelle cette région ?

– Non.

Ma voix était sortie toute petite. Maman a enfin détourné le regard du chariot pour se concentrer sur moi.

– Je suis là, a-t-elle chuchoté. Tout va bien se passer.

– Cet endroit s'appelle la crête iliaque, a continué l'infirmière. La pommade qu'on t'a mise tout à l'heure a insensibilisé ta peau. Tu verras, c'est très efficace.

Un médecin est entré, ce n'était pas le même que celui d'hier. Il nous a salués d'un mouvement de tête et a enfilé des gants en plastique en me contournant pour se placer derrière moi.

– Bonjour, a-t-il dit. Tout est prêt ?

Son ton froid tranchait avec la douceur de sa collègue. Maman a attrapé ma main.

– Je vais t'injecter un anesthésiant local et tu n'auras pas mal.

J'ai senti la pression d'une piqûre, sans la douleur qui va avec. Puis, il s'est affairé sans me parler, et à nouveau, j'ai vu maman qui l'observait, toute droite sur sa chaise.

– Ça y est, j'y suis, a-t-il déclaré d'un ton satisfait. J'ai presque fini.

J'ai souri, étonné.

– J'ai pas mal !

– On te l'avait dit, a fait l'infirmière.

Le médecin a reculé sa chaise roulante et j'ai entendu un claquement sec quand il a retiré ses gants.

– L'échantillon est envoyé au laboratoire pour analyse. Nous vous informerons dès que nous aurons les résultats.

Il s'est dirigé vers la porte et j'ai cru qu'il allait sortir comme ça, sans même nous dire au revoir, quand il s'est retourné :

– Repose-toi un peu Arthur, a-t-il dit avec un sourire fatigué, puis il est parti.

L'infirmière nous a expliqué que je devais rester couché au moins dix minutes après l'intervention.

– Pour éviter les ecchymoses, vous pouvez appliquer une poche froide, a-t-elle proposé à maman.

Comme hier, ma mère a maintenu la poche sur moi en me racontant tout et n'importe quoi. Je ne l'écoutais pas vraiment. Je sentais comme un brouillard dans mon cerveau. Les yeux fermés, j'ai demandé :

– Je ne ressortirai pas avant longtemps, hein ?

Maman m'a assuré qu'il suffisait d'attendre le résultat des examens et qu'on allait bientôt en savoir plus. Elle n'avait pas répondu à ma question, je n'ai pas insisté. Elle a changé de sujet et s'est exclamée d'une voix enjouée :

– Bon, je crois qu'on va pouvoir retourner dans ta chambre. On a failli manquer *Oggy et les Cafards* !

– C'est naze, j'ai bougonné en ouvrant les yeux, pourquoi pas *Tchoupi*, pendant que tu y es ?

En fait, j'ai passé une partie de l'après-midi à dormir. Quand j'ai émergé, papa était là. Face à la fenêtre, il me tournait le dos.

Je ne sais pas ce qu'il pouvait bien regarder, vu que ma chambre donne sur le parking. Maman était installée dans le fauteuil, un magazine sur les genoux. Elle ne tournait pas les pages.

– Tu as bien dormi ? a-t-elle demandé alors que j'étais quasiment sûr qu'elle ne m'avait pas quitté de toute ma sieste.

Sa voix mécanique et ses yeux dans le vague ne me rassuraient pas. Mon père s'est approché de moi, l'air crispé. Trop bizarre.

– Qu'est-ce qu'il y a, maman ?

Elle a titubé et j'ai cru qu'elle allait tomber dans les pommes, elle aussi. Puis, elle s'est raclé la gorge, la main sur sa bouche, comme pour retenir les mots.

– C'est grave, c'est ça ?

C'était sorti tout seul. Cette vérité énorme et bouleversante, je la connaissais déjà. Je l'éprouvais dans mon corps, que c'était grave. Jamais je ne m'étais senti aussi mal que ces dernières semaines. J'avais fait semblant de croire que c'était juste une grippe, que tout allait s'arranger, mais au fond de moi, je savais.

Après mon malaise à l'école, les pompiers étaient venus me chercher. J'avais toujours rêvé de grimper dans le gros camion rouge. Pourtant, la sirène, le brancard, je n'ai pas trouvé ça si génial. Les copains, la maîtresse et des élèves qui n'étaient pas de ma classe me regardaient avec une petite lueur dans les yeux, la même que dans le regard de mes parents.

Ils avaient peur. Et moi aussi.

– Arthur, a dit le médecin qui venait d'entrer dans la chambre, je suis venu pour t'exposer ce qui va se passer à partir de maintenant.

– Docteur… a coupé ma mère, je ne suis pas sûre que ce soit le moment.

– Je peux vous laisser seuls un instant, si vous le souhaitez. Mais je vous assure que ce dont a besoin votre fils, c'est qu'on soit clair avec lui.

Il s'exprimait fermement. Maman a échangé un coup d'œil incertain avec mon père et d'un coup, j'en ai eu ras le bol. Je me suis assis sur mon lit en rejetant les draps.

– Arrêtez de parler de moi comme si je n'étais pas là ! Je suis assez grand pour qu'on m'explique ce qui m'arrive !

Ma mère a ouvert la bouche pour protester, mon père est venu se placer derrière elle et a posé les mains sur ses épaules. Ensuite, il m'a regardé droit dans les yeux. Il avait pleuré.

– Nous nous apprêtions à te parler, a-t-il fait d'un ton grave.

– Allez-y. Je suis prêt.

Je me suis calé contre l'oreiller en croisant les bras d'un air déterminé. Si je devais mourir, autant qu'on me le dise franchement. C'est comme quand on enlève un pansement, ça fait moins mal de l'arracher d'un seul coup.

Ma mère a cligné des paupières et le médecin a pris la parole.

– Cet après-midi, les cellules de ta moelle osseuse ont été étudiées au microscope. On avait besoin de ce prélèvement pour être certains de ce que tu avais. Tu as une maladie qui va nécessiter un traitement de longue durée.

– Que... comment ça ?

J'avais du mal à comprendre les mots du médecin.

– Nous parlons d'une thérapie qui s'étendra sur plusieurs mois. Mais chaque chose en son temps. Pour l'instant, nous allons te transférer à l'hôpital Trousseau, à Paris.

– À Paris ? (Ma voix a dérapé dans les aigus.) Mais comment je ferai pour voir mes copains ? Je vais me retrouver tout seul !

– Tu as besoin d'être soigné dans une unité d'oncohématologie pédiatrique. L'établissement le plus proche disposant de ce service est à Paris. Ce n'est pas si loin, deux heures d'autoroute tout au plus.

Le médecin a laissé couler quelques secondes. Ses paroles ont atteint lentement mon cerveau. Tout se mélangeait dans ma tête. Un moment plus tôt, j'étais prêt à entendre le pire, et maintenant qu'on me le confirmait, j'avais peur parce qu'on allait m'emmener loin. J'ai regardé mes parents. Les lèvres pincées, ils ressemblaient à deux statues.

Merlin vient de leur jeter un mauvais sort, j'ai pensé.

Les mains de papa étaient crispées sur les épaules de ma mère, comme deux serres d'aigle. Il fixait le pédiatre avec une expression sévère. On aurait dit qu'il le détestait. Maman s'est mise à pleurer en silence. Les larmes ont débordé de ses yeux, dévalé ses joues, dessinant de petites traces noires jusque dans son cou. J'ai eu encore plus peur qu'avant.

Tout à l'heure, j'avais eu tort. Ça ne fait pas moins mal quand on arrache le pansement d'un seul coup. La douleur est horrible.

CHAPITRE 7

VIVIANE

J'ai bombardé mes parents de textos. J'avais laissé mon portable allumé pendant les cours, ce que j'évite de faire depuis la fois où il a sonné au premier trimestre. J'avais été privée d'écrans pendant quinze jours. Au bout du sixième « Tout va bien ? » sans réponse, j'ai commencé à psychoter. Hier, lorsque mes parents étaient sortis de la chambre d'Arthur pour s'entretenir avec le médecin, quelque chose de lourd m'avait écrasé la poitrine. J'avais dû déployer beaucoup d'efforts pour ne rien montrer à mon frère.

« Papa est en mode flippe totale », lui avais-je dit en portant un doigt à ma tempe. J'avais parlé d'un ton désinvolte, alors qu'en réalité, j'avais du mal à respirer.

Mon téléphone a vibré dans ma poche et je l'ai planqué discrètement dans ma trousse. C'était mon père.

> Ne t'inquiète pas. Je t'expliquerai tout en détail ce soir.

Aucune information sur le résultat des examens ni sur une éventuelle sortie de l'hôpital. Mon cœur a palpité dans ma poitrine et la pensée que j'essayais de refouler depuis vingt-quatre heures s'est imposée à moi.

Arthur était vraiment malade.

Un autre message est apparu et m'a arraché une ombre de sourire.

J'espère que tu n'as pas allumé ton téléphone en cours. Sinon, coupe-le immédiatement.

À mon retour, la maison était silencieuse et toutes les lumières éteintes. Pourtant, papa m'avait promis qu'il serait là. Un bruit étrange me parvenait, un son étouffé. Sans même ôter mon manteau, j'ai avancé jusqu'au salon. Un voile de sueur me recouvrait et j'ai eu l'envie soudaine de faire demi-tour. Ça ressemblait à un mauvais rêve, lorsqu'on marche vers l'inconnu en sachant que ce qu'on va découvrir est terrible. Malgré cette certitude, on continue à avancer parce qu'on ne peut pas faire autrement.

Mon père se tenait assis sur le canapé dans la pénombre. La tête entre ses mains. Est-ce qu'il pleurait ? Le bruit que j'avais entendu tout à l'heure ressemblait plus à un gémissement de douleur.

– Papa ?

Le gémissement s'est arrêté. J'ai contourné le canapé pour m'asseoir dans le fauteuil d'en face. Mon estomac se tordait en formant des nœuds compliqués.

– Papa, qu'est-ce qu'il y a ?

D'une main, il a lissé ses cheveux ébouriffés, je distinguais à peine son visage.

– Arthur a passé un myélogramme ce matin. Le diagnostic est tombé. Il a une leucémie aiguë lymphoblastique, une LAL dans le jargon médical, a-t-il récité faiblement.

Je l'ai fixé un instant, le regard flou. L'information n'arrivait pas à mon cerveau.

Arthur avait une leucémie.

Mon père parlait très bas, j'aurais voulu qu'il n'ait pas ce ton, qu'il n'ait pas prononcé ce mot-là, non.

Il a poursuivi, le timbre monocorde :

– Le médecin a dit que c'était la forme la plus fréquente chez les enfants, elle se soigne très bien.

J'ai levé une main pour l'arrêter. Le sens de ses paroles se propageait en moi, diffusant leur venin.

– Une leucémie, tu veux dire un cancer ?

Je n'ai pas reconnu ma propre voix. Cette voix creuse, vidée de toute substance, ne pouvait être la mienne.

– Oui. La leucémie est un cancer du sang, a confirmé mon père.

Quelque chose d'impalpable a troublé l'air de la pièce. Comme dans un film sur pause, tout s'est figé.

Cancer.

Le mot en suspens entre nous. Son poids sur moi. Ce mot écrasait tous les autres, à la manière d'un fichier numérique qui, quand on l'enregistre, efface ce qui existait avant.

Arthur avait un *cancer.*

Comment le monde pourrait-il continuer de tourner, maintenant que ce mot avait été prononcé ?

La fin de la soirée s'est écoulée dans une espèce de brouillard opaque. Mon père m'a expliqué que mon frère avait été transféré à Paris, que ma mère allait rester avec lui pendant son hospitalisation. Il y avait là-bas une unité de soins d'oncohématologie pédiatrique, on s'occuperait bien de lui. La professeure Takahashi était très réputée, elle avait de l'expérience.

Mon père a parlé beaucoup, longtemps, je ne sais pas. Il m'a demandé si je voulais dîner, mais je n'avais pas faim. Je préférais m'isoler dans ma chambre, m'enfouir sous la couette, j'aurais voulu disparaître.

Le lendemain matin, mes idées étaient à peine plus claires. La nuit avait été longue, j'avais dormi par saccades, mal. J'ai rejoint mon père dans la cuisine. Il était en train de boire un café, ses traits tirés témoignaient d'une nuit aussi agitée que la mienne.

– Salut ! ai-je marmonné, la gorge serrée.

– Bonjour ma grande.

Sans lui demander la permission, je me suis emparée de la cafetière et j'ai rempli une tasse. C'était la première fois que je buvais du café, c'était brûlant et amer. Ça m'a fait du bien.

– Papa, je ne veux pas aller au lycée aujourd'hui.

Il a levé sur moi des yeux fatigués.

– Non, je ne suis pas d'accord, tu dois rester concentrée sur tes études. Ce n'est pas parce que tu viendras avec moi que ça changera quelque chose. Il faut continuer comme avant.

L'espace de quelques instants, j'ai été incapable de formuler mes pensées. Puis j'ai explosé :

– Comme avant ? Rien ne sera plus jamais comme avant !

– Calme-toi, ça ne sert à rien de crier.

Je le reconnaissais bien là. Réfléchi et raisonnable en toutes circonstances. La veille, j'avais entraperçu une fissure dans son armure, mais c'était fini, il était redevenu aussi rigide que d'habitude. Je me suis contrainte à parler d'un ton posé :

– Arthur est à l'hôpital. Je veux le voir. Je veux rencontrer son médecin. Tu as dit qu'elle était formidable. OK, je te crois, mais j'ai besoin qu'elle m'explique. S'il te plaît, ne me laisse pas toute seule aujourd'hui.

Il a enlevé ses lunettes et s'est mis à les essuyer avec la nappe.

– D'accord, a-t-il fini par lâcher. Mais c'est juste pour cette fois.

Mon souffle s'est relâché et je me suis aperçue que je m'étais arrêtée de respirer.

Une demi-heure plus tard, nous étions partis. Papa restait muet. Il s'était engouffré dans la circulation et conduisait, le regard fixe. J'ai tortillé la mèche qui me tombait toujours devant les yeux.

– Papa, je voudrais savoir…

Je me suis interrompue, je cherchais mes mots.

– Pourquoi tu as dit au pédiatre qu'Arthur ne pouvait pas sortir de l'hôpital ? C'était space, on aurait cru que tu étais déjà au courant.

Il m'a regardée furtivement avant de se concentrer sur la route.

– C'est le cas. Je savais.

Il serrait si fort le volant que ses phalanges étaient blanches.

– Je savais depuis deux jours et je n'ai rien fait.

– Comment c'est possible ?

– Tu te rappelles, le soir du spectacle ? Le cheval qui s'est approché de nous ?

– Oui…

Je ne voyais pas le rapport. Est-ce que mon père était en train de devenir fou ?

– Le comédien qui le conduisait m'a pris à part pour me parler. Il m'a dit que Zahir, son cheval, était spécial.

– Oui, je m'en souviens !

– Ce cheval a une espèce de don. Il est capable de détecter le cancer. Quand il s'est avancé vers Arthur, ce n'était pas par hasard.

J'ai ricané, stupéfaite que mon père, si rationnel, me raconte un truc aussi invraisemblable.

– C'est une blague ? Tu es en train de me dire qu'un type que tu ne connais même pas t'annonce que ton fils est malade, et toi, tu gobes ces bobards ?

– Je sais que ça peut paraître insensé. D'ailleurs, je n'y ai pas cru quand il m'a averti. Je l'ai pris pour un illuminé et je l'ai envoyé promener. (Il a soupiré.) J'avais déjà lu un article sur ce sujet, à propos des chiens de travail. On utilise leur flair pour détecter des drogues, des personnes disparues, mais également le diabète et le cancer. Certains animaux sont exercés à différencier les cellules cancéreuses des cellules saines.

– Sérieusement ? Et un cheval aussi peut faire ça ?

– Oui. J'ai mené ma petite enquête. Zahir a une certaine notoriété dans ce domaine.

J'ai pianoté sur mon écran et lancé une recherche Google. Pas question de croire ce qu'il me racontait sans vérifier. À l'école, on nous avait assez mis en garde contre les intox sur Internet. J'ai lu plusieurs articles, croisé les sources, toutes disaient à peu près la même chose : Zahir était un cheval empathique. Il pouvait détecter les tumeurs et visitait même des malades à l'hôpital ou en maison de retraite.

– J'hallucine ! me suis-je exclamée. Un cheval détecteur de cancer, on se croirait dans la quatrième dimension !

– Oui, je sais. Et quand Zahir nous a vus, il a immédiatement senti qu'Arthur était malade. Et moi... je ne l'ai pas cru. Si Arthur n'avait pas fait son malaise, on aurait perdu encore plus de temps par ma faute.

J'ai objecté :

– Non papa. Au contraire. Si tu n'avais pas alerté le médecin, on serait rentrés à la maison et on aurait attendu je ne sais combien de jours avant de retourner à l'hôpital. Peut-être même que la fièvre serait tombée... C'est grâce à toi qu'Arthur se fait soigner aujourd'hui.

La voix de mon père a crépité, brûlante d'émotion :

– La vie est étrange parfois. Qui aurait cru qu'un cheval puisse influer sur le cours de nos existences ?

Chapitre 8

ARTHUR

Dès mon arrivée à Trousseau, on m'a fait une transfusion de globules rouges. Bonjour l'accueil. Après, j'ai eu droit aux prises de sang, aux radios et à une ponction lombaire. C'est un peu comme pour le prélèvement de la moelle, à part que cette fois, ça m'a donné envie de vomir. Le médecin qui s'occupe de moi est une femme toute petite, avec des yeux en amande et de très longs cheveux. Je l'ai tout de suite bien aimée, parce qu'elle m'a parlé avec beaucoup de franchise. Elle s'est installée sur une chaise pliante à côté de mon lit et elle a plongé ses yeux noirs dans les miens.

– Je tâcherai d'être toujours honnête avec toi. Je tiens à ce que nous établissions une relation de confiance.

Les questions ont galopé dans mon esprit, et je ne savais pas très bien par où commencer. Alors, j'ai simplement demandé :

– Dites-moi ce que j'ai.

J'ai appris que ma maladie s'appelle une leucémie. Dans mon sang, des envahisseurs essaient de détruire les bonnes cellules. C'est pour ça que je suis très fatigué et qu'il a fallu me faire une transfusion de globules rouges. Pour me soigner, il y aura plusieurs étapes et je ne serai pas toujours obligé de rester à l'hôpital.

– Je pourrai sortir bientôt ? j'ai interrogé, plein d'espoir.

Elle a eu un petit rire.

– Tu viens juste d'arriver et tu veux déjà nous quitter ! Nous avons reçu les résultats de ta ponction lombaire. Nous devions vérifier que les cellules leucémiques n'avaient pas infiltré les enveloppes de ton cerveau. Heureusement, ce n'est pas le cas. À présent, nous allons pouvoir commencer ton traitement.

– Ça va durer longtemps ?

Je sentais une boule coincée dans mon gosier. J'aurais voulu que tout soit déjà fini. Elle a rapproché sa chaise de mon lit.

– Je ne vais pas te mentir, le combat que tu vas mener ne se gagnera pas en un jour. Il va falloir du temps. Aujourd'hui, nous allons t'injecter un mélange de médicaments pour détruire les envahisseurs et les empêcher de se multiplier. C'est la phase d'attaque, elle dure trente-cinq jours et on frappe très fort.

– C'est comme une offensive ? On envoie toutes nos forces pour terrasser l'ennemi ?

– C'est exactement ça.

– Mais...

Je me suis raclé la gorge pour essayer de chasser cette saleté de boule qui me bloquait la trachée.

– Arthur, dis-moi ce qui te tracasse.

– Si on frappe fort, alors... ça doit faire mal.

Elle a levé les mains en l'air, comme pour dire « Stop ».

– Ce qui risque d'être désagréable, ce sont les effets secondaires des médicaments, parce qu'ils vont attaquer les mauvaises cellules et aussi un peu les bonnes. Tu pourras ressentir de la fatigue et pour le reste, on ne sait pas. Tout le monde ne réagit pas de la même façon au traitement, donc nous verrons comment t'aider quand ce sera nécessaire.

Elle m'a regardé gentiment.

– Tu te sens mieux ?

J'ai fait oui de la tête. Évidemment, j'avais toujours les pétoches. Avec ces tas d'analyses auxquelles je ne comprenais rien et mes parents qui marchaient comme des zombies, il y avait de quoi ! Mais un truc avait changé : maintenant qu'on m'avait expliqué ce qui allait se passer, j'avais un tout petit peu moins peur.

*

Hier, mamie, la mère de maman, a appelé. Elle m'a demandé si j'étais bien installé, si les repas étaient bons et si j'avais déjà rencontré d'autres enfants. J'ai été tenté de lui dire que l'hôpital, c'est pas exactement un séjour en colonie de vacances. Mais sa voix était toute molle, comme quand on vient de pleurer. Alors, je lui ai raconté que c'était super. Ensuite, le téléphone a à nouveau sonné. C'était mon grand-père paternel. Je l'adore, il voyage énormément et a toujours des tonnes d'anecdotes en stock. Il m'a raconté sa mésaventure de la veille, à Trogir, une cité croate au bord de l'Adriatique. Alors qu'il guettait la luminosité du crépuscule pour prendre une photo parfaite, une vague de la hauteur d'un homme l'a recouvert en surgissant par-derrière.

– Je n'aurais pas été plus trempé si on m'avait renversé un seau d'eau froide sur la tête ! Les passants ont trouvé ça très drôle… et j'ai quand même pris ma photo !

À aucun moment pendant la conversation papy n'a mentionné l'endroit où je me trouvais, ni pourquoi j'y étais. Quand j'ai raccroché, j'ai songé que j'aimais beaucoup mes grands-parents, et qu'ils débloquaient un peu. Ils ne m'avaient pas parlé comme d'habitude. Est-ce qu'ils étaient différents parce que j'étais malade ?

*

Ce matin, j'ai rencontré un garçon dans la salle de jeux. Je n'en revenais pas qu'il existe un endroit pareil dans un hôpital. Je ne sais pas si j'aurai encore envie de m'y rendre quand le traitement aura commencé, mais c'est plutôt rassurant de penser qu'on peut se changer les idées. La coordinatrice des activités m'a accueilli avec maman et nous a expliqué que je pouvais descendre autant que je voudrais durant mon séjour. Maman semblait trouver ça génial.

– Mieux qu'un centre de loisirs ! a soufflé une voix à mon oreille.

Je me suis retourné, laissant ma mère discuter avec l'animatrice. Celui qui venait de dire ça était un garçon pâle et maigrichon, vêtu d'un tee-shirt jaune qui faisait ressortir la blancheur de sa peau. Il était plus petit que moi et n'avait ni cheveux, ni sourcils, ni cils. C'était moche, et plutôt effrayant. J'ai limite eu peur.

– Encore un peu, et tu vas pisser dans ton froc ! a-t-il dit devant mon air ahuri. Tu t'attendais à quoi ici ? À croiser des gens bronzés avec des marques de maillot de bain ?

J'ai secoué la tête. Il a effleuré son crâne et a pris un air provoc :

– Tu verras, le look épilation totale, on s'y habitue vite.

Il m'a tendu la main :

– Je m'appelle Lucas. J'ai dix ans, et toi ?

– Arthur.

Ma voix était étranglée, j'avais l'impression que ma gorge avait encore rétréci. Bientôt, moi aussi j'aurai la même allure.

Je me suis forcé à sourire :

– J'ai dix ans aussi, bientôt onze.

Je l'ai gardé pour moi, mais il faisait beaucoup plus jeune que son âge. Ses yeux sans cils donnaient à son regard une intensité bizarre.

– Fais pas cette tête ! a lancé Lucas. Tout ça peut paraître impressionnant, au début. En fait, c'est pas si terrible.

Il m'a raconté qu'il était malade depuis l'âge de trois ans. Il en était à sa deuxième récidive.

– Ma leucémie est chronique, ce qui veut dire que si je fais le compte, j'ai passé presque la moitié de ma vie à être malade.

Je ne savais pas si je devais paraître impressionné ou si je devais le plaindre, alors je n'ai rien dit.

– Je te jure que c'est vrai !

– Je te crois.

– J'ai donc beaucoup d'expérience en la matière. Si tu as des questions, n'hésite pas, je te répondrai franchement.

Ça m'a fait rire. Il employait pratiquement les mêmes termes que Mme Takahashi et j'étais presque sûr qu'il en savait autant qu'elle sur le sujet.

– D'accord, j'ai dit... je commence la première phase demain.

– Ah génial ! s'est-il exclamé comme si je lui annonçais une bonne nouvelle. Je préfère t'avertir, attends-toi aux montagnes russes. Parfois on est tout en haut, c'est cool et on se sent super bien, et puis on redescend aussi vite que le Space Mountain à Eurodisney. Sensations garanties !

– Euh, merci de me prévenir, j'ai bafouillé en pensant que je n'avais pas vraiment envie de vivre cette expérience.

Ma mère nous observait. *Pourvu qu'elle ne vienne pas se mêler à notre conversation !* Heureusement, l'animatrice lui a proposé d'aller faire un tour à l'espace parents et elle a accepté.

– Seulement le temps de prendre un café, a-t-elle précisé.

– Vas-y, j'ai insisté, un peu agacé. Je ne vais pas me sauver.

Après un dernier geste de la main, elle s'est enfin éloignée.

– Les mères, a soupiré Lucas, c'est toutes les mêmes. Tu veux jouer à quelque chose ?

J'ai jeté un coup d'œil à l'étagère croulant sous les boîtes de jeux de société.

– On se fait un Risk ?

J'adorais imaginer des stratégies pour conquérir des territoires.

– Ouais, pas mal, a accepté Lucas. Mais je te préviens, je suis sans pitié quand il s'agit de gagner.

– C'est ce qu'on verra.

On a entamé une partie et pendant un moment, j'ai oublié pourquoi j'étais ici. Lucas était vraiment fort, et bien que je me sois battu jusqu'au bout, il a gagné. Quand maman est revenue une heure plus tard, je n'avais pas vu le temps passer.

– Ça mérite une revanche, a fait Lucas en remballant le plateau.

– On se retrouve demain ?

C'est là que je me suis souvenu que le lendemain, à cette heure-ci, j'aurais reçu ma première chimio. Lucas en avait parfaitement conscience et il m'a décoché une petite grimace moqueuse.

– Je passerai voir si tu es en état.

J'ai levé le pouce, histoire de paraître blasé, et je suis sorti en lui promettant qu'on rejouerait une partie. Dans ma tête, une seule question trottait en rond, refaisant infatigablement le même tour de piste : *Est-ce que demain, je serai en haut du manège, ou bien tout en bas ?*

Chapitre 9
VIVIANE

Je ne m'habituerai jamais à cette odeur d'hôpital. En plus, le désinfectant pour les mains sent vraiment fort. En nous accueillant, l'infirmière nous a donné un cours en bonne et due forme sur l'asepsie. D'abord on savonne les paumes, puis le dos, on frotte les doigts en les entrecroisant, puis les ongles, les pouces et enfin les poignets. Genre, il faut cinq minutes pour se laver les mains et après, on doit encore se sécher avec un papier à usage unique (à jeter dans la poubelle actionnée par le pied). Ce n'est pas rien d'entrer dans la chambre d'un cancéreux.

Dans le service d'oncohématologie pédiatrique, tout est fait pour que les familles se sentent à l'aise. Les couloirs sont peints de couleurs pastel, des affiches et des dessins d'enfants se disputent la place sur les murs. Comme il est interdit de patienter devant la porte d'une chambre, il y a une salle d'attente et deux salons de parents au deuxième et au quatrième étages. Les accompagnants peuvent y prendre un café ou petit-déjeuner. Les petits et les ados ont chacun droit à leur espace détente, et il y a même une salle de classe. Un vrai hôtel de luxe. Enfin, c'est ce qu'on pourrait penser quand on écoute ma mère. Elle a passé un quart d'heure à me vanter les mérites de cet endroit génial. Moi, je me contentais de sourire connement en évitant de regarder en direction de mon frangin.

On vient de lui poser un PAC. C'est un petit boîtier qui sert pour les perfusions, avec un tuyau souple (le cathéter, je le sais, j'ai cherché sur mon portable). Le but, c'est de lui injecter directement les médicaments par ce machin. S'il devait être piqué tous les jours, ses veines ne tiendraient pas le choc. Maman m'a expliqué que si une veine se rompait pendant la chimio, le produit se répandrait partout. Rien que d'y penser, ça me colle la nausée.

Arthur a soulevé son pansement entre l'épaule et la poitrine, pour me montrer. Le boîtier est placé sous la peau, ça forme une petite bosse avec un bouchon sur le dessus, le tuyau ressemble à un serpent endormi sous la surface. C'est assez répugnant.

– L'intervention a eu lieu sous anesthésie locale, a cru bon de préciser maman.

Encore heureux, j'ai pensé. Un frisson sale m'a parcouru le corps, comme une pointe de couteau rouillé. Arthur était malade, il allait bientôt ressembler à ces enfants chétifs qu'on voit parfois dans les reportages télé.

Mon frère a vu que j'étais un peu dégoûtée par le PAC. Il a rejeté le pan de sa chemise dessus pour le cacher. Il semblait triste, tout à coup.

– Arrête de faire cette tête, je lui ai lancé. Ça va, t'es pas mort !

Il a souri, piqué par mon humour noir, mais le regard de ma mère m'a fait mal. On aurait dit que je venais de lui mettre une beigne.

– Désolée, maman, ai-je lâché d'un air contrit.

– Ouais, a ajouté mon frère, ta vanne était moisie.

On a ricané et de l'extérieur, tout paraissait redevenu normal. Mais les yeux de maman étaient posés sur moi, sombres, hostiles. Elle était furax, c'était sûr. Sous son regard, je me suis sentie aussi coupable que le jour où j'avais cassé un doigt à Arthur. Il avait genre six ans, on faisait les andouilles et je lui avais pété l'index en le lui tordant. Elle m'en avait voulu à mort.

À ce moment, papa est entré, brisant mon malaise.

– Le médecin est là. On pourrait peut-être refaire le point. Viviane, tu restes avec ton frère ?

Je me suis levée aussi sec.

– Non ! Je veux savoir moi aussi. Tu as dit qu'on répondrait à toutes mes questions.

Il a échangé un regard avec ma mère, et je ne leur ai pas laissé le temps d'hésiter. Je suis sortie en adressant un signe de la main à Arthur.

– Ne te sauve pas, je reviens tout à l'heure.

– Ah ah, très drôle ! a-t-il dit en s'emparant de la télécommande.

Maman s'est levée à son tour, et j'ai vu à quel point elle avait l'air crevée.

On a suivi papa dans le couloir, sans se parler. Le bureau du médecin était situé au bout du service. La porte s'est ouverte et une femme menue nous a accueillis. Elle avait attaché ses cheveux noirs et lisses en une simple queue-de-cheval et sa blouse immaculée paraissait trop grande. Pourtant, je me sentais très impressionnée, d'un seul coup. Est-ce que la vie de mon frère tenait vraiment entre les mains de cette petite meuf ?

– Notre fille, Viviane, aimerait que vous lui expliquiez la situation. Est-ce possible ? a demandé mon père.

– Je trouve que c'est une bonne idée, a répondu le médecin en appuyant sur moi ses yeux noirs, indéchiffrables. C'est Arthur qu'on va soigner, néanmoins, toute la famille sera impliquée.

Elle s'est reculée pour nous inviter à entrer.

– Installez-vous, je vous en prie.

La pièce était petite, lumineuse, avec des étagères chargées de dossiers colorés.

– Je suis la professeure Takahashi, a-t-elle dit en s'adressant à moi. Je te répondrai avec le plus de clarté possible.

Elle a croisé les mains et j'ai remarqué ses ongles, minuscules comme des coquillages. J'ai attaqué, directe :

– Combien de chances il a de s'en sortir ?

Ma question abrupte n'a pas semblé surprendre la professeure. Maman a poussé un cri étranglé. Elle avait la tête de quelqu'un qui fait un cauchemar. Panique, yeux exorbités, teint blême. Sauf que ce n'était pas un cauchemar, impossible de se réveiller et de regarder autour de soi en riant un peu, soulagé parce qu'on a juste rêvé. Ce qui arrivait était réel, et moi, je ne voulais pas qu'on me baratine. Mme Takahashi m'a répondu calmement :

– Comme je l'ai dit à tes parents, la leucémie aiguë est la plus fréquente chez les enfants. Aujourd'hui, on sait très bien la prendre en charge. Le taux de guérison à cinq ans atteint 82 %.

– Oui, a murmuré maman. 82 %... il va s'en sortir.

Je me suis mordu la lèvre pour retenir la réplique qui menaçait de fuser. Qu'est-ce qui me garantissait qu'Arthur ne ferait pas partie des 18 % restants ? Comme si le médecin avait lu dans mon esprit, elle a continué :

– Personne ne peut augurer de l'avenir. Ce que je peux t'assurer en revanche, c'est que nous mettrons tout en œuvre pour guérir ton frère. La maladie ne s'est pas étendue ailleurs, elle a été détectée assez tôt, et je suis persuadée qu'il a toutes les chances d'entrer en rémission. Veux-tu que je t'explique en quoi consiste la leucémie ?

J'ai hoché la tête.

– C'est un cancer qui prend naissance dans les cellules souches du sang, les cellules de base si tu préfères. Certaines se développent pour devenir des cellules immatures, qu'on appelle des « blastes ».

– Tout ça est peut-être un peu technique, a fait ma mère.

– Il est important que vous compreniez le mécanisme de la maladie. Ainsi, vous serez en mesure d'appréhender les traitements qui vont être appliqués. Nous devrons travailler ensemble, vous, Arthur, et nous, les soignants pour mener ce combat.

Elle nous a laissé le temps d'assimiler ses paroles.

– Si j'ai bien saisi, les blastes se multiplient et empêchent la fabrication des cellules normales ? a demandé mon père.

Il avait pris sa voix d'ingénieur informatique. Ferme, claire, posée. Une voix qui cernait les contours, qui enfermait la leucémie dans un cadre rectiligne. Je le reconnaissais bien là. Lui qui était capable de sonder les entrailles d'un ordinateur, de remonter à la source du problème, pensait-il vraiment qu'il pouvait réparer Arthur en comprenant ce qui se passait dans son corps ? J'avais envie de lui crier : « Eh, atterris ! Il n'y a pas de point de restauration, le bug a eu lieu, on ne peut pas retourner en arrière ! » À nouveau, je me suis mordu la lèvre, le sang a coulé dans ma bouche. Obligée d'avaler.

– Je vais prendre l'air, j'ai fait en me levant.

– Tu peux revenir me voir quand tu en as envie, a dit la professeure Takahashi.

J'ai évité de la regarder. J'ai évité de regarder mes parents. Je me suis ruée hors du bureau, tête baissée comme si j'étais poursuivie. J'avais beau foncer, je savais que je n'échapperais pas à ce qui suivrait.

Chapitre 10
VIVIANE

Maman lisait un bouquin, assise dans le fauteuil à côté du lit. Arthur matait un dessin animé crétin à la télé et papa était au deuxième étage, en plein ravitaillement café. Je me suis grignoté un ongle. Dans la poche arrière de mon jean, une lettre de ma prof principale attendait d'être lue. J'avais repéré l'enveloppe trois jours plus tôt en allant chercher le courrier. Expéditeur : *Lycée Alain-Fournier*, ça ne me disait rien qui vaille. J'avais balancé le tas de prospectus sur la console de l'entrée et décacheté l'enveloppe en prenant garde de ne pas la déchirer. Je n'avais pas prévu de la dissimuler ensuite, je le jure, je voulais seulement lire le contenu avant mon père, histoire de savoir à quoi m'attendre.

C'était encore pire que ce que je craignais... Faut dire que je n'en avais pas foutu une rame de tout le mois de mai. J'avais séché un tas de cours en squattant l'infirmerie, bâclé mes DM ; du coup, j'étais complètement coulée en maths et en physique. Déjà que je n'étais pas au max avant... Seuls le français et l'anglais me sauvaient du désastre, et encore. Je m'étais contentée de prendre des notes sans ouvrir la bouche, alors que d'habitude, j'aime bien débattre, décortiquer les textes. Ma prof principale, accessoirement la prof de maths, s'inquiétait de la baisse de mes notes et de mon apathie.

Au regard des circonstances particulières, nous comprenons que Viviane rencontre des difficultés. Elle est totalement démobilisée, ses résultats ont brutalement chuté, le dernier devoir de mathématiques n'a même pas été rendu. Accepteriez-vous de me rencontrer pour que nous trouvions ensemble des solutions pour l'aider ?

S'ensuivait une proposition de dates et d'horaires pour convenir d'un rendez-vous. Mes parents allaient être dégoûtés ! Pour eux, la scolarité, c'est sacré. Ils pensaient certainement que j'assurais le minimum, alors, cette dégringolade... En même temps, qu'est-ce que j'en avais à foutre, du lycée, en ce moment ? Qu'est-ce que j'en avais à foutre, des maths ? Je déteste cette matière. Je dois travailler dur pour suivre alors qu'Arthur obtient des super notes sans se donner trop de mal.

« On a la bosse des maths ou on ne l'a pas », affirme maman. Elle m'agace quand elle dit ça, c'est comme si elle partageait un truc spécial avec mon frère, et pas avec moi. D'habitude, c'est elle qui m'aide, lorsque je sèche sur un exercice. Papa n'est pas patient, et puis il n'est pas très doué pour expliquer. Ma mère n'est pas prof pour rien. Elle démontre une leçon en deux temps trois mouvements et je finis toujours par piger. Là, je devais me débrouiller seule. J'avais foiré un devoir, pas rendu le suivant, mais quoi ? Je ne pouvais quand même pas aller demander à maman de m'aider alors qu'elle était avec mon frère leucémique !

Dans ma poche, j'ai passé le pouce sur la lettre pliée ; le papier a craqué sous mes doigts. J'allais bien devoir me résoudre à le leur montrer. Soudain, je me suis vue il y a dix mois, en train de me bouffer les ongles, appréhendant de leur annoncer que je voulais abandonner la natation synchronisée. J'avais tout plaqué sur un coup de tête. Je ne me sentais plus à ma place dans l'équipe des Dauphines, la pression des compètes, les chorégraphies répétées pendant des heures, ce n'était plus mon truc. Mes parents avaient été déçus, mon père surtout. Il avait fait les championnats régionaux au lycée, il aurait bien aimé que je suive sa trace. Ma mère m'avait déballé un grand discours sur l'engagement, le sens de l'effort, tout le tralala. Elle m'avait tellement soûlée que je n'avais pas remis les pieds à la piscine de toute l'année.

La main un peu tremblante, j'ai sorti l'enveloppe de mon jean. Elle était tiède et toute froissée. Je me suis levée, prête à parler comme on saute du grand plongeoir, quand un infirmier a toqué à la porte. Il est entré en poussant un chariot.

– Paré pour la chimio ? a-t-il demandé à mon frère.

Arthur a émis un petit « oui », ma mère s'est redressée, fermant son livre sans même marquer la page. Je me suis reculée et j'ai fourré la lettre n'importe comment au fond de ma poche. Je n'allais pas les embêter avec ça, je m'en occuperais plus tard. Ou pas.

L'infirmier s'est présenté.

– Je m'appelle Tarik, a-t-il dit avec un immense sourire.

Il portait une fine moustache en pointe et d'immenses baskets fluo. Une poche remplie d'un liquide transparent était posée sur son chariot. Tarik l'a suspendue à un piquet sur roulettes, a soulevé la chemise d'Arthur à l'endroit où on lui avait posé le PAC et a piqué dans le boîtier relié au tuyau sous la peau. Il a fait tout ça en chantonnant, genre, je suis en train d'injecter des produits superpuissants dans tes veines mais il n'y a pas de quoi s'inquiéter.

– Et hop, c'est parti ! a-t-il lancé gaiement.

– C'est ce que mon prof de voltige dit toujours quand on commence une séance, a fait Arthur.

Il semblait rassuré.

J'étais clouée à ma chaise, bien moins à l'aise que lui. Je ne parvenais pas à détacher mes yeux du liquide transparent qui gouttait doucement dans le tuyau. Je pouvais suivre le chemin jusque dans son bras. Et puis après ?

– C'est tout ? ai-je fait, un peu étonnée.

– Oui, c'est tout, a confirmé Tarik avec un nouveau sourire qui dévoilait ses gencives. Je reviendrai plusieurs fois, je dois changer les poches et vérifier que tout se déroule bien. (Il a posé une main sur le bras d'Arthur.) Surtout, n'hésite pas à sonner s'il y a quoi que ce soit. Tu peux profiter de ta famille, regarder la télé… trois heures, ça passe très vite.

Il est parti d'un pas dansant et ma mère s'est rassise dans le fauteuil. Papa est entré à ce moment-là.

– Tout va bien ? a-t-il demandé.

Maman a acquiescé.

– La chimio a commencé.

Elle avait un drôle de visage, son sourire paraissait cousu sur ses joues et ne remontait pas dans ses yeux. *Le genre de sourire qu'on fait pour la photo*, ai-je pensé, *quand on doit prendre l'air heureux alors qu'on déteste être photographié.*

Papa a regardé le dispositif mis en place par Tarik, il s'est raidi, les yeux un peu écarquillés, et la tension dans la pièce m'a paru insupportable. Alors, j'ai glissé la main dans ma poche et j'ai serré très fort la lettre dans mon poing. Le papier s'est réduit à une boulette chiffonnée, j'aurais voulu le pulvériser.

– Vous vous attendiez à quoi ? ai-je lancé, l'air blasé. C'est juste une chimio !

Arthur a renchéri.

– Ben ouais, c'est juste une chimio !

J'ai posé une fesse sur le coin du lit.

– Attention, tu vas lui faire mal ! a crié maman, et je me suis relevée aussitôt, avec l'impression de m'être brûlée.

– Je vais bien ! a protesté Arthur. (Puis, plus doucement :) Elle peut se mettre là. Je ne sens rien, je te promets.

Mon père s'est assis sur la chaise libre. Je me suis de nouveau installée au bout du lit, en prenant bien soin de rester à distance. Dans le silence de la chambre, le dessin animé faisait un bruit de fond agaçant. Arthur a éteint la télé et parlé de son nouvel ami Lucas.

– Il doit passer tout à l'heure, tu verras Viv, il est trop sympa.

– C'est bien que tu te sois fait un ami, a appuyé ma mère. Tu vas pouvoir te distraire, toi qui adores les jeux de société.

Encore une réponse bateau, de cette voix mécanique qu'elle prend quand elle prétend que tout va bien alors que ce n'est pas vrai. Arthur a levé les yeux au ciel et j'ai fait une grimace dans le dos de notre mère. Un silence a coulé. À cet instant, j'ai remarqué le lit pliant rangé contre un mur.

– C'est là que tu pionces, maman ? Ça a l'air confortable.

C'était ironique, j'aurais dit n'importe quoi pour meubler le silence et la dérider. Mais elle a forcé son sourire et a assuré qu'elle dormait très bien.

– C'est un peu… comme du camping. Il y a longtemps que je n'avais pas fait ça !

Décidément, elle adorait cet hôpital ! Bientôt, elle allait prétendre que dormir à cinquante centimètres du sol à côté de son enfant malade était une expérience fabuleuse. Heureusement, papa a pris le relais :

– Vous vous souvenez, quand on est partis en Ardèche ?

Cette fois, on a tous souri en même temps. Un vrai sourire qui fuse et qui fait briller les yeux.

– Tu avais acheté une de ces tentes qui se montent en trois secondes chrono, a rappelé ma mère.

– Et c'était vrai, elle était facile à déplier, ai-je ajouté. Par contre, qu'est-ce qu'on a galéré pour la ranger !

– On n'avait pas assez de piquets, a continué Arthur.

– Des sardines, a précisé papa.

– Il a fallu aller en acheter à l'épicerie du camping, et tu as râlé parce que ça coûtait une blinde !

– Et on a dû gonfler les matelas avec la pompe à air qu'il fallait actionner au pied. Ça nous a pris deux heures.

Maman a pouffé.

– Tu exagères ! Pas deux heures quand même !

– Bah pas loin… c'est papa avec ses gros bras qui a flanché en premier. Alors qu'Arthur et moi, on a trop géré !

Papa s'est levé pour regarder le soleil qui nous narguait par la fenêtre.

– C'était la canicule et on avait tellement chaud qu'on passait nos journées au bord de la rivière.

– Il y avait une plage de galets, Arthur et moi, on faisait des barrages à la place de châteaux de sable.

La rivière n'était qu'à trois cents mètres, il suffisait de descendre un escalier taillé dans la roche. Maman lisait sur son transat installé à l'ombre des arbres, et nous nous amusions comme des petits fous en empilant des cailloux et des branches pour bloquer le cours d'eau. Ensuite, quand nous en avions assez, nous plongions dans l'eau glacée grâce à une corde suspendue à une branche haute.

J'ai sorti mon portable et j'ai fait défiler mes photos.

– Tu avais acheté un bateau en plastique et on se prenait pour des pirates. Regarde, j'ai cette photo que tu m'as donnée. Arthur refusait de quitter ses brassards à tête d'hippocampe !

J'ai rigolé et Arthur a riposté :

– Tu n'étais pas beaucoup mieux avec tes coups de soleil !

– On s'est fait dévorer par les moustiques, s'est rappelée maman. Je n'arrêtais pas de vous tartiner de crème solaire et de répulsif. Malgré ça, rien n'y faisait.

On a soupiré en chœur. Maman a considéré le tuyau qui serpentait de la potence au bras de mon frère.

– C'étaient de belles vacances.

– C'étaient des vacances géniales, tu veux dire ! a affirmé Arthur.

Pendant un instant, nous n'avons plus rien dit. Le souvenir est resté là, collé à notre esprit comme un maillot de bain mouillé sur la peau. Personne n'a osé dire tout haut ce qu'il pensait.

Moi, en tout cas, je ne m'y suis pas risquée.

La question qui moulinait dans mon crâne était suspendue dans l'air, tendue entre nous par un fil invisible.

Est-ce qu'il y aurait
d'autres
vacances ?

Chapitre 11
ARTHUR

Après que Viviane et papa sont partis, je me suis reposé un peu. J'avais joué ma petite comédie, genre chevalier vaillant qui n'a peur de rien. En vrai, je redoutais chaque nouvelle chimio. Juste après la première, j'étais allé retrouver Lucas à la salle de jeux. Maman en avait profité pour se reposer un peu. Elle ne dort pas bien, contrairement à ce qu'elle prétend. Lucas m'avait demandé comment je me sentais. L'infirmier s'était contenté de brancher une perf à mon cathéter, je n'avais même pas eu mal.

– Bof ! Je m'attendais à pire.

Je n'osais pas avouer que j'avais trouvé la chimio ennuyeuse.

– Tu n'as encore rien vu. On en reparlera demain quand tu auras vomi tripes et boyaux !

– Ah bon ? Tu sais rassurer les gens, toi…

– Ce n'est qu'un mauvais moment à passer.

Il avait haussé les épaules, l'air de dire : « C'est la routine, quoi », puis on avait commencé à jouer. Il ne m'avait pas menti, il était vraiment très fort au Risk ; il m'avait encore battu deux fois. Pendant que je me faisais ratatiner, il m'avait parlé de son petit frère de deux ans.

– C'est pour ça que ma mère ne peut pas rester avec moi, comme la tienne. Quand je suis hospitalisé, mes parents viennent avec lui pour qu'on passe les fins de semaine ensemble. Ils logent dans un appartement loué aux familles qui ont un enfant ici. On est réunis le temps du week-end et ça me convient.

Il semblait plutôt heureux. Il connaissait un tas d'histoires drôles sur le thème de la santé, adorait son petit frère qui le lui rendait bien, et voulait devenir un chef étoilé parce que dans ses phases de rémission, il passait des heures à cuisiner. Au moment de partir, il avait fait une dernière blague :

– M. et Mme Cale ont trois enfants, comment s'appellent-ils ?

J'avais secoué la tête.

– Je sais pas.

– Anna Lise Medhi, avait-il énuméré.

Anna Lise Medhi Cal. Ça m'avait fait rire. En remontant à l'étage, je m'étais aperçu que je n'avais pas pensé à ma leucémie pendant deux heures. Et que maman n'avait pas tort finalement ; on peut se faire de vrais amis à l'hôpital.

En fin de soirée, je n'avais plus envie de rire du tout. Je comprenais pourquoi le docteur Takahashi avait parlé d'une phase d'attaque pour ce premier traitement. J'allais vachement morfler.

Au dîner, je n'avais rien pu avaler. La nausée me soulevait l'estomac, comme le jour où papa m'avait emmené pour une pêche en mer à l'île d'Oléron. Je n'avais rien pu faire de la matinée tellement j'avais eu mal au cœur. Eh bien là, c'était pareil, en mille fois pire. Je n'avais jamais été aussi malade de toute ma vie. À chaque hoquet, c'était le signal : maman me tendait la cuvette et je dégobillais de longs jets brûlants. Ça faisait comme des vagues énormes dans mon corps. Je les sentais monter, elles recouvraient tout, je me noyais dans le vomi. Puis, la vague reculait et j'avais droit à un peu de répit avant le prochain tsunami.

Au début, j'avais essayé de prendre sur moi. Déjà que ça me dégoûtait que maman me regarde vomir, elle n'avait pas besoin que j'en rajoute.

– C'est bientôt fini, elle disait en me passant un gant mouillé sur la figure.

Je grimaçais un sourire pour la rassurer. On faisait semblant d'y croire tous les deux.

Ensuite, les spasmes s'étaient enchaînés. Les vagues avaient déferlé sur moi et j'avais perdu le compte. Quand une crise était terminée, je me crispais de toutes mes forces en attendant la prochaine.

J'avais pleuré.

J'avais supplié maman pour que ça s'arrête.

Je lui avais dit que je voulais retourner à la maison.

Elle continuait à me faire boire à la paille, à rincer la cuvette, à me répéter qu'elle était là et que j'étais super courageux.

Sa main fraîche sur mon front, sa voix douce, ses mots de réconfort.

Quand j'avais émergé de cette horrible nuit, il faisait à peine jour. Tarik était venu prendre ma tension et ma température. Maman était endormie sur le fauteuil qu'elle avait incliné en arrière. Les draps du lit de camp n'étaient pas défaits.

– La nuit a été difficile, avait chuchoté Tarik pour ne pas la réveiller.

– J'ai cru que ça ne s'arrêterait jamais, avais-je avoué en parlant tout bas moi aussi.

Je me sentais épuisé.

– Je n'ai plus de force et j'ai autant de courbatures que si j'avais galopé pendant une journée entière.

– C'est un peu ce que tu as fait, avait dit l'infirmier en notant des trucs sur une feuille. Tu viens de courir un marathon et tu as tenu la distance. Tu t'en es bien sorti.

– J'ai rien fait que chialer et dégueuler.

Maman avait bougé dans le fauteuil, mais elle ne s'était pas réveillée. Elle devait être aussi crevée que moi. Tarik m'avait fait un de ses sourires trop grands, en exposant ses dents et ses gencives.

– Ton corps a été pas mal secoué et toi, tu as réagi du mieux que tu as pu. C'est déjà pas mal, tu sais.

Il avait cligné de l'œil et ça m'avait fait penser à Théo. À l'heure qu'il était, mon ami devait être tranquillement en train de dormir et bientôt, il grognerait à la sonnerie du réveil. C'est ce qu'on fait dans la vie ordinaire.

Tarik s'était dirigé vers la porte sur la pointe des pieds en posant un doigt sur ses lèvres. Il remontait exagérément les jambes, on aurait dit un clown empêtré dans des chaussures surdimensionnées. Ses baskets à lui, en plus d'être fluo, devaient faire du quarante-cinq. Au moins.

– Ne te sous-estime pas, il avait soufflé en sortant, tu es bien plus costaud que tu ne penses.

J'avais fermé les yeux avec, derrière mes paupières, l'image de cet infirmier aux longues jambes et aux grands pieds.

J'avais dû m'endormir au bout de quatre secondes.

Aujourd'hui, ça fait trois cycles de chimio que je suis ici. Déjà fait la moitié de la phase d'attaque. Ou seulement la moitié, ça dépend comment on voit les choses. Heureusement, il y a les périodes de repos entre deux séances, ça me permet de récupérer. Les nuits suivant la perfusion, j'ai toujours eu des nausées, mais je n'ai plus vomi aussi fort que la première fois. Le docteur Takahashi m'a expliqué qu'ils adaptaient mon traitement à chaque cycle en fonction de la manière dont mon corps réagissait. Le matin avant l'injection de ma chimio, ils me font une prise de sang et une ponction lombaire pour ajuster les doses, c'est super millimétré comme calcul.

Maman et moi, on a trouvé notre rythme ici. Depuis la fameuse nuit où j'ai été si malade, elle est passée en mode guerrière. Elle me dit : « On va la battre, ta leucémie, on va la mettre KO. » Moi, je dis : « D'accord, tu as raison », alors que je ne sais plus si j'y crois. Avant, je pensais que quand on combattait, on était fort et puissant. Je me sens juste fatigué et je dors tout le temps.

À la fin de la première semaine, j'ai retrouvé des cheveux sur mon oreiller. Pas seulement quelques-uns, mais carrément des mèches entières. Ensuite, j'en ai perdu partout. Sur ma brosse, dans le lit, sur mon plateau-repas, c'était dégoûtant. Bien sûr, je n'aurais pas dû être surpris. Mais entre savoir que ça arriverait et s'apercevoir que ça a commencé, il y a une sacrée différence.

Au début, ça ne se voyait pas vraiment, mes cheveux étaient juste moins épais. Et puis est venu le moment où je n'ai plus réussi à le cacher. Pour couronner le tout, j'avais des espèces de plaques boutonneuses qui me grattaient horriblement. La totale. Quand j'en ai parlé à Lucas, à qui j'apprends les règles de base des échecs, il m'a dit que c'était normal, ça faisait partie du jeu. Il avait raison bien sûr, je ne pouvais pas aller contre ça.

– Tu veux une histoire drôle ? m'a-t-il proposé au moment où on se quittait.

– Vas-y, balance.

– C'est un sanglier qui rencontre un cochon. Il le regarde et lui demande : « Ça va ta chimio ? »

Dans un éclat de rire, j'ai regagné ma chambre. J'aimais bien son humour trash. Avec Lucas, on se fichait de tout.

Un peu plus tard dans l'après-midi, j'ai dit à maman que je voulais tout raser.

– Tu es sûr ? elle a fait d'une voix tremblotante.

– Nan, j'ai avoué, mais ça me gratte trop.

En vérité, si j'avais retardé le moment de me tondre, c'était à cause de ces boutons sur mon crâne. À présent, les mèches survivantes ne cachaient plus vraiment le désastre, alors, autant en finir. Maman a passé sa main dans mes cheveux, doucement. Elle n'aurait pas dû parce qu'il lui est resté une touffe entre les doigts.

– Ils repousseront plus forts et plus épais, elle a murmuré en contemplant les mèches blondes dans sa paume.

J'ai demandé que ce soit Tarik qui me rase. C'est lui que je préfère, même si les autres soignants sont aussi très sympas. Tarik arrive toujours à me faire rigoler, avec ses mimiques et ses chansons. En me passant la tondeuse, il a fredonné un air qui devait bien dater d'un demi-siècle, où il était question de se faire couper les tifs et de boule à zéro. Humour de circonstance !

– Quoi, tu connais pas *Rockollection* ? s'est-il offusqué.

J'allais lui demander d'arrêter, vraiment, c'était pas possible de chanter un truc pareil, c'était de très mauvais goût, mais ma mère s'y est mise aussi, et finalement c'était pas si mal, parce que maman a une très jolie voix. Quand Tarik a eu terminé, il a posé la tondeuse et m'a tendu un miroir. Comme chez le coiffeur, sauf que là, il n'y avait plus rien à admirer. Mon crâne était parfaitement rond et j'ai trouvé que je ressemblais à un Martien. Maman a dit que ça lui rappelait quand j'étais bébé. Tarik a claqué des doigts et un tube de crème est apparu dans sa main, comme par magie.

– Et maintenant, le bonus. Tartinage sur boule à zéro.

Il s'est placé derrière ma chaise, a penché ma tête en arrière et je me suis laissé aller contre lui. Il a commencé à masser mon cuir chevelu (est-ce que je dois toujours l'appeler comme ça maintenant que je suis chauve ?). Sans mentir, c'était l'extase. Il a passé la crème sur mes boutons tout secs et ça faisait tellement de bien que si j'avais su, je n'aurais pas attendu si longtemps pour me faire ratiboiser.

– Merci, j'ai murmuré à Tarik quand il a eu fini.

– À votre service, sieur Arthur, a-t-il dit en s'inclinant.

Ensuite, il a dû discuter avec maman, mais j'étais un peu dans les vapes. Quand je me suis endormi, roulé serré dans ma couverture, la musique du siècle passé a tourné en boucle dans ma tête. Cette chanson est complètement démodée, pourtant, je crois que je l'aime quand même un petit peu.

Chapitre 12
VIVIANE

Si je réfléchis trop, je vais devenir dingue.

Mon frère malade, je refuse d'y penser.

Son crâne rasé, je refuse d'y penser.

Maman avec lui à l'hôpital et mon père qui rentre toujours plus tard, je refuse d'y penser.

Je mets tellement d'énergie à essayer de ne songer à rien que je n'ai pas écouté un seul mot de ce que vient de dire la prof de français. De toute manière, elle ne m'interrogera pas. Quand j'ai repris les cours, le lendemain de l'hospitalisation d'Arthur, je croyais que le lycée serait comme une parenthèse. Un endroit où tout serait comme d'habitude, où je pourrais être la Viviane d'avant, une fille cool et sans histoires.

Je me suis bien plantée.

Lily-Rose en a parlé à Léa qui en a parlé à d'autres et à mon arrivée, je suis devenue « la sœur du garçon qui a un cancer ». On dirait que je suis au centre d'un cercle invisible, un territoire miné dans lequel personne n'ose pénétrer. Les voix baissent lorsque je passe dans le couloir ou au self. Mes amis s'arrêtent de parler quand je m'approche. Même les profs ont une attitude différente. Ils ne me réprimandent pas alors que je ne participe plus du tout et posent sur moi une espèce de regard compatissant. Insupportable.

Ma prof principale m'a appelée à son bureau pour savoir si mes parents acceptaient le rendez-vous qu'elle leur avait proposé. J'ai répondu que ma mère était absente et que mon père était débordé entre son travail et les allers-retours à l'hôpital. Je ne mentais pas, j'ai juste omis de préciser que sa lettre n'était jamais arrivée à destination. La prof n'a même pas insisté. Elle m'a fixée avec cette pitié dégoulinante, je l'ai suppliée en silence d'arrêter, elle m'a renvoyée à ma place.

Tout à l'heure, je suis sûre que Mme Destampes ne me réclamera pas ma dissert sur l'autobiographie. On devait la rendre hier et je n'en ai toujours pas écrit une ligne. Tout le monde agit comme si, par un effet rebond, j'avais aussi chopé la leucémie et qu'en parler risquait d'aggraver les choses. Du coup, je suis tout le temps en train de surveiller la manière dont je me comporte. Est-ce que j'ai l'air normal ? Est-ce qu'on peut lire sur mon visage que j'ai envie de mordre tout le monde ?

Je suis tellement sous pression que je n'ai rien réussi à avaler depuis hier. Pendant la récré de l'après-midi, j'étais limite au bord du vertige.

– Ça va ? m'a demandé pour la énième fois Lily, l'œil soucieux.

J'ai serré les mâchoires, inspiré fort par le nez pour ne pas l'envoyer bouler.

– Ça va aussi bien que tout à l'heure, et qu'il y a une heure, et que ce matin quand tu me l'as demandé, j'ai grommelé en accélérant le pas.

– C'est bon, pas la peine de t'énerver. Je vois bien que tu es à côté de la plaque en ce moment. Et je te comprends... c'est normal avec ce que tu es en train de vivre.

Cette fois, c'était trop pour moi. J'ai stoppé net et me suis retournée pour la mitrailler du regard.

– Tu me comprends ? Tu me COMPRENDS ?

J'ai senti la colère monter en moi, me traverser de part en part. Elle était là, dans mon ventre, comme une grenade dégoupillée. L'image d'Arthur s'est formée dans mon esprit. Comme toutes les semaines, j'ai passé le dimanche à l'hôpital.

Dans la salle des familles pour être exacte. Mon frère n'ayant plus de défenses immunitaires, on l'a transféré en chambre stérile, et il y a beaucoup de précautions à prendre. Les mesures d'hygiène sont au niveau 9 sur l'échelle de la galère et il ne peut avoir qu'un visiteur à la fois. On doit enfiler une charlotte, des chaussons, une blouse et un masque. Tout ça pour le regarder dormir. De toute façon, pendant les phases d'éveil, il ne fait que se plaindre d'avoir mal partout, alors... Quand mon temps de visite a été terminé, je suis sortie et j'ai erré dans le service comme une âme en peine. Maintenant, je connais les couloirs par cœur. J'ai même guidé une gosse perdue jusqu'à la cafétéria.

En fait, je préfère encore ça. Parce qu'à chaque fois que j'entre dans la chambre de mon frère, c'est pour contempler sa peau cireuse, ses yeux enfoncés dans leurs orbites, ses doigts crispés sur le drap blanc. Le simple fait de l'entendre respirer est pénible, ça fait comme une espèce de souffle étranglé. Vraiment moche.

Au moment du départ, ma mère est sortie avec mon père et moi sur le parking. Je la sentais sur le qui-vive, comme si, pendant les quelques minutes où elle laissait Arthur seul dans sa chambre, il pouvait lui arriver malheur.

J'ai tenté de lui parler.

– Maman...

Elle a jeté un coup d'œil vers la fenêtre de la façade de l'hôpital.

– Maman... ai-je répété.

Je voulais lui dire combien c'était difficile pour moi, en ce moment. Lui avouer que je crevais d'angoisse, que tout foutait le camp, que j'avais l'impression de glisser sans fin. Que toute seule, je ne pouvais pas me relever.

– Bonne semaine ma chérie, a-t-elle fait en m'embrassant distraitement.

Elle n'était pas vraiment avec moi. J'aurais voulu passer une main devant son visage, lui crier : « Ouh ouh ! Je suis là, tu ne me vois pas ? » J'aurais aussi bien pu être transparente. Je suis montée dans la voiture, elle a levé une main pâle. Soudain, j'ai eu hâte de m'éloigner d'elle, de retrouver ma maison, mon chez-moi. Partir.

Une fois arrivée, je me suis réfugiée dans ma chambre en bordel, mon micro traînait par terre. Aucune envie de chanter. Mon cœur tanguait entre le soulagement d'avoir quitté l'hôpital et la honte d'éprouver ce soulagement. Finalement, je n'étais bien nulle part, alors que faire ? Écroulée sur mon vieux tapis tout gris à force d'avoir été lavé, j'ai choisi un slam bien plombant et connecté mon enceinte.

La voix de Grand Corps Malade a rempli le silence, chaude, profonde, triste. Elle me disait qu'il n'existe pas de phrases miracles, aucune formule magique pour soulager ma peine. Totale harmonie avec mon humeur. Papa s'était enfermé dans son bureau, il n'a même pas râlé pour me demander de baisser le volume.

Alors, quand Lily-Rose m'a harcelée pour savoir comment je me sentais, quand elle a prétendu *comprendre* ce que je vivais, il y a eu comme un court-circuit dans mon cerveau. La colère qui couvait a explosé, tout déchiqueté sur son passage. Lily s'est avancée pour me calmer, a tenté de m'enlacer. Pas envie qu'elle me touche. Je ne voulais ni de sa pitié, ni de sa fausse compréhension. Je l'ai repoussée violemment et ce qui devait arriver est arrivé. Mon amie a basculé en arrière et est tombée de tout son long sur le lino crasseux. Maxime, qui se tenait à deux mètres de là, s'est précipité pour l'aider à se relever.

– Pourquoi t'as fait ça ? T'es complètement malade ! a-t-il hurlé.

Et aussitôt, il s'est rendu compte de ce qu'il venait de dire.

– Ex… excuse-moi, a-t-il bégayé, je ne voulais pas…

Sa mine désolée était pire que tout. Des curieux s'étaient attroupés pour profiter du spectacle, leurs regards m'ont fait l'effet de vers grouillant sur ma peau. La rage m'a submergée, la honte aussi. Lily-Rose pleurait doucement en se frottant le coude, j'avais dû lui faire très mal.

– Fait chier ! j'ai crié en envoyant un coup de pied dans un casier qui ne m'avait rien fait.

Le métal s'est tordu sous le choc, laissant un impact bien visible. J'allais avoir des ennuis, je m'en foutais. Sans me retourner, je me suis précipitée vers l'unique endroit où je serais à l'abri des regards. Les toilettes.

Assise sur la cuvette, j'ai chialé comme je ne l'avais pas fait depuis des années. Lorsque la professeure Takahashi m'avait expliqué la maladie d'Arthur, je m'étais barrée pour ne pas en entendre davantage. Le soir, j'avais cherché sur Internet des informations à propos de la leucémie. Un bataillon de mots s'étaient abattus sur moi, des mots compliqués, plus explosifs que des bombes.

Chimiothérapie intensive, phase de consolidation, d'intensification, cathéter intraveineux, myélogramme, ponction lombaire, formulation sanguine, aplasie médullaire. Des mots qui avaient pulvérisé ma vie, la vie de toute ma famille.

Lorsqu'un long moment plus tard, j'ai ouvert la porte pour me laver le visage, un garçon de ma classe se trouvait là, appuyé contre le mur. Je me suis aspergée d'eau froide. Rien à faire, j'avais les yeux gonflés, ça se voyait comme le nez au milieu de ma triste figure, que j'avais pleuré. Le mec, Solal Machinchose, ne parlait pas, ne me regardait pas. Il portait des lunettes à monture métallique, un polo sans marque sur un jean délavé et des fausses Converse qui avaient déjà bien vécu. Je ne lui avais pratiquement jamais adressé la parole, il faisait partie d'une bande d'intellos que je ne fréquentais pas.

Exaspérée par sa présence, j'ai fini par fixer son reflet dans le miroir.

– Tu sais que tu es dans les toilettes des filles ?

– T'as raison, j'avais pas fait gaffe ! a-t-il ironisé avec un sourire de travers.

Il n'a pas fait semblant de se laver les mains, il semblait attendre quelque chose, je ne savais pas quoi.

– Tu voulais me parler ?

– Le proviseur te fait chercher partout. J'ai dit aux surveillants que je m'en occupais. Je dois t'accompagner à son bureau.

– Ah ouais ? Et de quoi je me mêle ?

Nos regards se sont percutés en ricochet dans la glace, il n'a pas cillé.

– Comme je suis délégué, j'ai pensé que je pouvais me dévouer. Maintenant, si tu préfères la CPE en personne, no problem.

J'ai roulé en boule le papier essuie-mains et l'ai envoyé dans la poubelle d'un geste rageur. Au temps pour moi. Le mec venait pour m'aider et je le jetais comme du poisson pourri. Il devait me prendre pour une tarée.

La tête basse, je l'ai suivi, à la manière d'un condamné qui se dirige vers la potence. Solal marchait à ma droite, pas pressé. Il dégageait quelque chose de tranquille, ça sortait de son sourire un peu en biais, un truc qui disait : « Tout va bien se passer, ne t'en fais pas. » À quelques mètres de l'administration, il m'a tout à coup lancé :

– Ton frère, il en est à combien de semaines de chimio ?

– Quatre, plus que deux et il revient à la maison. Normalement.

J'avais répondu sans réfléchir, c'était sorti tout seul. C'était la première fois qu'on ne me demandait pas avec précaution comment je me sentais. La première fois qu'on me posait une question franche, sans trémolos dans la voix. Solal s'est arrêté dans le couloir. Ses yeux noirs m'ont sondée, j'ai eu la sensation troublante qu'il lisait en moi.

– Fin de la première phase, a-t-il fait. Plus de cheveux, la gerbe et le look d'un Walking Dead ?

J'ai acquiescé d'un battement de paupières. À présent, j'aurais bien aimé l'interroger pour comprendre comment il savait tout ça, mais la secrétaire m'a interpellée. J'étais attendue dans le bureau du proviseur en personne. Ça ne promettait rien de bon. Je me suis dirigée vers la porte en traînant les pieds. Solal a répondu à la question que je ne lui avais pas posée, juste avant que je pénètre dans le bureau.

– J'ai été à ta place moi aussi. C'est ma mère qui...

Sa voix a tremblé comme une image déformée sur le goudron quand il fait très chaud ; il n'a pas terminé sa phrase. J'ai jeté un coup d'œil par-dessus mon épaule, il s'éloignait déjà.

Chapitre 13

ARTHUR

La plupart du temps, je me sens si mal que je préfère dormir pour arriver plus vite au jour suivant. Il paraît que c'est normal. Mme Takahashi m'a dit que j'étais en « aplasie ». Je trouve que ça porte bien son nom parce que je n'ai jamais été aussi à plat de toute ma vie. Si quelqu'un avait appuyé sur le bouton off de ma batterie personnelle, ça aurait eu le même effet. Les amis, la voltige, l'école, tout me paraît si loin. Si j'ai bien compris les explications de la professeure, la chimio est comme une kalachnikov qui dégomme tout sur son passage. Résultat, je manque de bons globules et je ne peux plus en fabriquer moi-même. La moindre infection pourrait me tuer parce que je n'aurais plus les moyens de me défendre. Super...

Allongé sur le lit de la chambre stérile, j'ai fixé les poches de transfusion accrochées à la potence, en suivant du regard le chemin du tuyau jusqu'à mon PAC. Qui sont ces gens qui donnent leur sang ou leurs plaquettes ? Je ne les connais pas, pourtant, sans eux, je serais mort.

Dans ma nouvelle chambre, ceux qui entrent doivent se déguiser en cosmonautes pour m'approcher. Les mesures d'hygiène sont renforcées, les agents de service désinfectent tout dans la pièce et les objets venus de l'extérieur ne peuvent pas pénétrer ici s'ils n'ont pas été complètement nettoyés. Ce qui me manque le plus, c'est regarder le poster de Bob à chaque fois que j'ai le cafard. Lui parler était une manière de réfléchir quand je doutais de moi. Heureusement, les figurines de chevaux que maman m'a apportées sont en plastique et j'ai pu les garder. Après qu'elles ont été stérilisées, je les ai posées sur la table de nuit. Ça peut paraître idiot, elles me donnent l'impression d'avoir un petit bout de la maison près de moi. Souvent, j'observe celle qui représente Arthur en train de brandir Excalibur au-dessus de sa tête. C'est moi qui terrasse cette saleté de cancer, j'ai toujours eu beaucoup d'imagination.

En fait, je n'y crois plus tellement. Je vomis après chaque ponction lombaire et j'ai très mal aux jambes. Personne ne peut imaginer la douleur qui m'aspire vers le dedans. Dans ces moments-là, je me roule en boule et je respire doucement. En plus, je transpire un max et comme le pansement qui recouvre mon PAC doit rester au sec, je n'ai pas droit aux douches. Du coup, quelqu'un me lave, comme un bébé. La première fois, c'était très bizarre. Maintenant, je n'y fais plus attention, c'est même plutôt agréable.

Sûrement qu'on s'habitue à tout.

Quand Viviane est venue, ce week-end, elle a vu que je n'étais pas en grande forme.

– T'as une sale tronche.

Elle est très douée pour remonter le moral, ma sœur.

– Maintenant, c'est moi qui ressemble à un zombie, j'ai murmuré en essayant de sourire.

– J'aurais plutôt dit un extraterrestre.

C'est ce que j'apprécie chez elle ; elle ne ment pas. Maman, elle, raconte n'importe quoi. Elle va jusqu'à prétendre que je suis mignon avec ma bouille ronde ! Viviane a farfouillé dans sa poche à la recherche de son téléphone et m'a proposé de faire un selfie.

– T'inquiète pas, je l'ai nettoyé avec le gel hydroalcoolique, a-t-elle précisé à papa qui s'apprêtait à partir pour lui laisser la place.

Il a quand même râlé en disant que c'était malsain

– Plus tard, a-t-il avancé, on n'aura pas envie de se souvenir.

– Et pourquoi pas ? Quand Arthur ira mieux, il sera content de se rappeler à quel point il a été courageux.

Papa a ouvert et fermé la bouche, puis il a dit qu'il avait besoin d'un café. Il a jeté sa blouse et est parti les épaules basses. J'ai profité de son départ pour poser LA question à ma sœur.

– Tu crois que je vais mourir ?

L'autre jour, après une séance de vomito bien pénible, j'ai demandé la même chose à maman. Elle s'est pratiquement fâchée. « Je t'interdis de penser à des choses pareilles ! (Ensuite, elle s'est reprise et a dit plus doucement :) Tu vas t'en sortir, c'est important de rester positif. » Sa voix tremblait, elle n'était pas très convaincante. La nuit d'après, j'ai été réveillé par des reniflements et de petits gémissements étouffés. Ça venait du lit de camp. Maman était en train de pleurer. Elle essayait de ne pas faire de bruit, elle sanglotait le nez dans l'oreiller, c'était super effrayant. J'ai fait semblant de dormir.

Viviane n'a pas flanché devant ma question. Elle a pris le temps de réfléchir avant de me répondre.

– Est-ce que tu vas mourir ? Sûrement que non.

J'ai attendu. Ça ne me suffisait pas, elle a compris. Un gros soupir s'est échappé de sa bouche.

– Je n'en sais rien du tout en fait. Je me dis que tout ça (elle a englobé d'un geste la chambre, ma perfusion, le haricot posé pas trop loin), ça va forcément marcher. Sinon, je lui pète la gueule, à ta leucémie !

Le masque étouffait un peu sa voix mais faisait ressortir son regard de killeuse. D'habitude, quand elle me regarde de cette manière, c'est parce qu'on se prend la tête à table ou qu'elle me reproche de faire le fayot auprès des parents avec un beau bulletin. Même si en vrai, elle ne peut rien contre mon cancer, sa conviction m'a bizarrement réconforté.

– Alors je suis rassuré, j'ai dit en fermant les yeux.

J'étais fatigué. J'ai dû m'endormir parce qu'en émergeant, j'étais seul dans la chambre. La nuit était tombée et mon plateau-repas attendait sur la table à roulettes. Maman ne voulait pas qu'on me réveille, elle préférait réchauffer mon plat, pour le peu que je réussissais à avaler. Dans la pénombre, j'ai allumé l'ordinateur que l'hôpital met à disposition des malades enfermés en chambre stérile. J'ai fait défiler les dessins et les petits mots des copains que papa avait scannés.

Tous les élèves de ma classe avaient écrit, même ce crétin de Nolan qui parle tout le temps de catch.

« On t'attend. »
« Ici sans toi, c'est pas pareil. »
« Reviens vite Arthur, tu nous manques ! »

Mathilde avait dessiné Nougaro, le cheval sur lequel je m'entraîne au club. Elle m'avait représenté assis sur la selle, les bras en l'air. Victorieux.

Normalement, Mathilde et Théo auraient dû me rendre visite il y a trois semaines. Tout était organisé et j'avais hâte de les revoir. Et puis j'ai perdu mes cheveux, et je me suis senti mal, et on m'a changé de chambre.

– Il y aura d'autres occasions, m'a rassuré maman.

Elle pensait que j'étais déçu. Au contraire. J'étais soulagé qu'ils ne me voient pas dans cet état, tout maigre avec ma tête de E.T.

À présent, j'examine les lettres qui défilent en diaporamas sur mon écran. Je repense à la détermination de Viv tout à l'heure. À Lucas avec ses histoires drôles et sa bonne humeur perpétuelle. À maman qui a arrêté de travailler pour rester avec moi et à papa qui fait le trajet tous les week-ends.

Je suis peut-être au fond du trou, mais je ne suis pas tout seul.

Chapitre 14
VIVIANE

Après l'incident du casier, le proviseur, M. Marquet, s'est montré indulgent avec moi. Il m'a demandé ce qui s'était passé, je n'ai pas bronché. Il m'a servi d'une voix lasse un sermon sur le respect du matériel et la gestion de la colère. Sur sa chemise bleue qui le boudinait au ventre, j'ai remarqué une tache de café, je me suis concentrée dessus. Quand il a eu fini son discours, il a marqué une pause puis m'a questionnée très calmement :

– As-tu l'intention de recommencer ?

J'ai baissé la tête en murmurant que non.

– Alors, tu peux prendre ton joker, a-t-il dit. Tout le monde a droit à un joker.

J'ai levé les yeux, étonnée. Je ne m'attendais pas à ça. Il a contourné son bureau pour me raccompagner à la porte et c'est à ce moment qu'il a ajouté :

– Étant donné les circonstances, je comprends que cela soit difficile Viviane.

Pff... encore un qui prétendait comprendre. Je me suis tendue et il a levé la main pour la poser sur mon épaule. Nos regards se sont heurtés, je l'ai imploré en silence de s'arrêter. S'il m'avait touchée, je crois que je me serais brisée net, comme un vitrail. Il a baissé le bras.

– Tu peux rentrer chez toi. De toute manière, les cours se terminent dans quelques jours pour les secondes. Prends le temps de te reposer, tu y verras plus clair demain.

Quelque chose s'est relâché en moi, la tension est retombée d'un coup. Je ne serais pas obligée de revoir Lily, aucune envie de lui parler pour l'instant. J'ai bafouillé un « merci ». Non seulement il ne m'avait pas sanctionnée, mais en plus, il venait de m'accorder un après-midi de liberté.

J'ai quitté le lycée sans croiser personne, à cette heure-ci, ma classe était en EPS. J'ai visualisé les élèves en train de s'échauffer pour la séance de basket et j'ai soupiré d'aise à l'idée d'y échapper. Il faisait beaucoup trop chaud pour s'agiter inutilement.

Chez moi, la baraque était silencieuse, mon père ne serait pas là avant des plombes. Les premières semaines de l'hospitalisation d'Arthur, il avait fait de gros efforts pour rentrer plus tôt de son travail. Il se levait aux aurores pour rentrer vers 19 heures. Il venait voir où j'en étais de mes devoirs, préparait le repas, et même si c'étaient des plats vite cuisinés, ce n'était pas grave. Un soir, il m'a prévenue par SMS qu'il avait une réunion. J'ai fait cuire des pâtes. À 21 heures, il n'était toujours pas rentré, j'ai saupoudré un peu de gruyère sur les spaghettis et mangé directement dans la casserole. J'avais oublié de saler l'eau de cuisson, les pâtes s'étaient amalgamées en un bloc visqueux et fade. Carrément dégueulasse. Quand mon père est arrivé – enfin ! –, la vaisselle était faite et une assiette l'attendait sur la table. Il a entrouvert la porte de ma chambre, j'ai fait semblant de dormir. J'étais allée me coucher sans me laver les dents.

Maintenant, il est rarement là pour le dîner. Ça ne me dérange pas. Enfin, pas trop. Moi non plus, je n'aime pas manger en face des deux chaises vides, elles font comme un trou dans lequel on pourrait basculer. Comment lui reprocher de fuir cet endroit qui nous rappelle que notre famille est coupée en deux ? Dire qu'avant, je râlais tout le temps parce que je ne pouvais pas en placer une ! À table, j'avais l'impression qu'il n'y en avait que pour Arthur, ses bonnes notes, les compliments des profs, sa foutue voltige. Je lisais la fierté dans le regard de mes parents, et ça me faisait péter un câble. Je me vantais de mes résultats foireux en maths sans évoquer mes notes de dissert, où je me défends pas mal. J'étais une élève moyenne et ça ne leur suffisait pas ? Qu'ils aillent se faire foutre ! Je suppliais mes parents de m'autoriser à avoir un piercing, un tatouage, et lorsqu'ils refusaient, je disais : « M'en fiche, dès que je serai majeure, je ferai ce que je veux de mon corps. » Quand j'y repense, nos disputes étaient cent mille fois préférables aux silences ponctués de banalités qu'on échange, mon père et moi. On parle sans rien se dire, on évite soigneusement d'exprimer ce qui nous vrille les tripes. On comble le vide.

J'ai envoyé valdinguer mon sac et mes baskets n'importe où. De toute manière, c'était le souk partout, un peu plus, un peu moins, ça ne changerait pas grand-chose. La chaleur du mois de juin me collait à la peau, j'avais pourtant laissé les volets fermés pour conserver un peu de fraîcheur à l'intérieur. J'ai filé dans la cuisine me remplir un bol de céréales. La bouteille de lait était presque vide, j'avais oublié d'en racheter. Rageuse, j'ai versé le peu qui restait sur le riz soufflé et j'ai avalé le tout debout, appuyée contre le comptoir. Les céréales trop sèches étaient quand même bonnes. Sucrées, croustillantes, elles avaient un goût d'enfance. Ou peut-être que j'avais tellement la dalle que j'aurais trouvé n'importe quoi délicieux.

J'ai mis le bol dans l'évier, par-dessus les assiettes sales de la veille. Le lave-vaisselle était plein, pas le courage de le vider. La maison avait un air abandonné depuis que maman n'était plus là. Mon père ne m'était pas d'un grand secours sur ce coup-là. Les premières semaines, bien trop crevé pour faire grand-chose quand il rentrait du boulot, il me laissait la plupart des tâches ménagères sur les bras. Dans un coin de mon cerveau, j'ai entendu la voix de ma mère se plaindre de devoir assumer l'intendance en plus de son travail. Combien de fois avais-je pensé qu'elle me tapait sur les nerfs, à toujours râler ! Maintenant, je comprenais.

J'ai quitté la pièce en ignorant le désordre, impression que tout partait en vrille. Dans ma chambre, j'ai calé un slam dans mes oreilles, et la musique a envahi ma tête. J'ai posé ma voix sur celle de Grand Corps Malade. Oui, je me sentais seule même entourée de monde, avec des envies d'uppercut et des tas de pourquoi. C'était un jour de doute.

Mon portable a vibré, je venais de recevoir un message.

Lily-Rose : T où?

Voilà qu'elle s'inquiétait de mon absence. La chanson continuait de tourner. « Dans le miroir, je contemple mes erreurs », ai-je entendu, comme en écho à ce que je ressentais. J'ai songé à la façon dont j'avais poussé Lily. J'y étais allée de toutes mes forces, j'y avais mis toute ma rage. J'ai arrêté la musique et le silence a pesé sur moi. Le souvenir de ma rencontre avec Lily-Rose est remonté dans mon esprit. C'était le jour de la rentrée en seconde. On était toutes les deux un peu paumées, nouvel établissement, nouvelle classe, nouvelles têtes. J'avais été séparée de Camille, ma meilleure amie au collège, et Lily venait d'emménager dans la région. Pour le premier cours, on s'était assises l'une à côté de l'autre sans se connaître, ça avait tout de suite collé entre nous. Je suis angoissée et un peu coincée, elle est légère, drôle et populaire. On se complète bien.

J'ai fixé mon écran de téléphone, les doigts suspendus au-dessus du clavier. Pas moyen de trouver quoi lui dire. Sans réfléchir, j'ai fait défiler mes contacts et appuyé sur le numéro de ma mère. Sa photo s'est affichée sur l'écran, je l'avais prise il y avait bien deux ans, à l'issue d'une soirée pizzeria. Ses cheveux un peu décoiffés moussaient autour de son visage et elle riait à gorge déployée. Elle semblait bien plus jeune que maintenant. Les sonneries se sont succédé. Au bout de quatre, sa voix a résonné à mon oreille, froide, impersonnelle : « Bonjour, je ne peux pas vous répondre pour l'instant, laissez-moi un message, je vous rappellerai dès que possible. »

Le bip du répondeur s'est déclenché, j'ai ouvert la bouche pour parler, j'ai raccroché. Qu'est-ce que j'aurais pu lui dire ? « Allô maman, j'ai brutalisé ma meilleure amie, défoncé un casier, et tout le monde me prend pour une folle » ? Ou bien : « Au fait maman, ta fille vient de se faire virer pour la journée, qu'est-ce que tu dis de ça ? »

Mes mains tremblaient, je savais pertinemment ce que j'aurais vraiment voulu hurler dans ce con de répondeur. « Maman, décroche putain de merde ! Il n'y a pas qu'Arthur qui a besoin de toi... pourquoi t'es jamais là ? » Évidemment, ce n'était pas possible. J'ai serré le smartphone dans ma paume avant de le balancer sur mon lit. Il fallait que je bouge ou j'allais péter un plomb. Soudain, j'ai su où je devais aller. Je n'y avais pas mis les pieds depuis l'an dernier, mais c'était le seul endroit au monde où j'avais envie d'être en ce moment. Sans plus réfléchir, j'ai attrapé mon vieux sac de sport, fourré quelques affaires dedans et je me suis barrée. Le thermomètre avait encore grimpé, l'air était lourd, étouffant, et en dépit du bus climatisé, j'étais moite de sueur en arrivant à la piscine. Se déshabiller, arracher les vêtements telles des peaux mortes. Maillot de bain, serviette. Chaleur humide.

Je suis montée sur le plot et j'ai plongé comme on saute dans le vide. La fraîcheur de l'eau m'a saisie et quand mon visage a émergé, trois mètres plus loin, j'avais retrouvé des sensations familières. J'ai appris à nager à six ans et pratiqué la natation synchronisée jusqu'à l'an dernier. Mon corps n'avait pas oublié les mouvements. En attaquant un crawl énergique, j'ai senti mon ventre se creuser, la chaleur se diffuser dans mes muscles, jusque dans mes épaules. Des bras et des jambes, je repoussais l'eau pour chasser mes pensées hors de ma tête. Plus de doutes, plus de remords, plus d'inquiétude. Trois temps en apnée, un temps pour respirer. Chaque bouffée d'air prise à la surface était une caresse. L'eau, comme un baume sur mon corps, et à l'intérieur, une bulle de sérénité. J'ai accéléré le rythme et nagé, nagé, jusqu'à n'être plus qu'un cœur battant.

Quand je me suis extirpée du bassin, je n'avais pas éprouvé un tel bien-être depuis des semaines. On avait ouvert le toit de la piscine et un souffle d'air m'a filé la chair de poule. Je me suis enveloppée dans ma serviette. Tout ça m'avait manqué. L'odeur de chlore, le brouhaha ambiant, l'espace clos limité à un rectangle liquide. C'était comme un petit monde à l'intérieur du monde.

Un flot de couleurs vives m'a fait sortir de ma torpeur. C'étaient les minimes qui s'échauffaient pour leur séance. Bientôt, il y aurait le gala, il faudrait que tout soit parfait. J'ai attendu qu'elles soient dans l'eau et je me suis faufilée dans les vestiaires en baissant la tête. J'ai frotté mes cheveux avec vigueur, mes membres engourdis pesaient lourd ; c'était bon. En sortant, j'ai manqué me cogner dans un mec qui entrait.

– Excusez-moi, j'ai bredouillé sans vraiment le regarder.

Quand je franchirais la porte, la réalité reprendrait ses droits. Je devrais faire les courses, rentrer chez moi, retrouver la maison vide et le bazar. Ranger un peu, peut-être.

– Promis, cette fois, je ne t'ai pas suivie ! a lancé le mec qui me barrait le passage.

J'ai levé les yeux, c'était Solal.

– Qu'est-ce que tu fous là ? j'ai demandé, peu amène.

– Je viens ici trois fois par semaine. Pour nager. Je fais partie de l'équipe de natation sportive.

Un sourire narquois a étiré sa bouche et je me suis sentie conne. Pourquoi est-ce qu'il viendrait à la piscine, si ce n'était pas pour nager ? J'allais le repousser de l'épaule, mais il a fait un pas de côté pour me laisser sortir.

– Tout s'est bien passé ? a-t-il interrogé comme je franchissais le seuil.

J'ai compris qu'il évoquait ma convocation dans le bureau du proviseur. Les mots qu'il avait prononcés alors sont revenus me heurter en même temps que la chaleur du dehors. Il avait parlé de sa mère et du fait qu'il avait été à ma place. Et il semblait en connaître un rayon, sur l'état d'un malade en chimio. J'avais été tellement obnubilée par mes propres problèmes que j'en avais oublié ce qu'il m'avait confié.

– Oui, M. Marquet a été plutôt cool, j'ai dit, un peu gênée d'avoir été agressive. Vraiment sympa même. Il s'est contenté de me faire un speech sur le respect et il m'a laissée partir.

– Classique. Les adultes ne savent pas comment se comporter avec toi. Soit ils sont hyper gentils, soit ils ne te calculent plus tellement ils se sentent mal à l'aise.

– C'est exactement ça ! Je n'en peux plus de la manière dont ils me regardent en coin. Et il n'y a pas que les adultes. Les autres aussi. Même mes potes...

L'image de Lily étalée par terre s'est imposée à moi. J'avais honte. C'était bizarre, je lui en voulais et je m'en voulais encore plus.

– J'ai complètement craqué, tout à l'heure.

– Moi aussi, ça m'est arrivé. C'est difficile de vivre une situation pareille au milieu de tous les autres qui ne pigent rien.

– Ta mère ? ai-je demandé à voix basse.

– Oui, ma mère. Elle va mieux, elle a fini son dernier cycle. C'est pas encore gagné, mais on y croit.

– Ça fait combien de temps ?

J'ai posé mon sac sur le sol parce qu'il m'arrachait l'épaule. Cinq minutes au soleil et je dégoulinais déjà de sueur.

– Tu veux pas qu'on aille prendre un verre ? a-t-il proposé. Parce que là, tu es en train de virer au rouge.

J'ai considéré sa demande. La veille encore, si ce mec m'avait invitée à boire un coup, je l'aurais envoyé balader. Son look sérieux, ses lunettes qui lui glissaient sur le nez, pas du tout mon type. Là, il n'y avait aucune ambiguïté. Il ne me faisait pas de plan drague.

– D'accord, j'ai répondu, reprenant mon sac. Mais tu ne voulais pas aller nager ?

– Je peux bien sécher une séance, j'irai nager plus tard... De toute manière, je crève de soif.

Dans le petit bar où on s'est échoués quelques minutes plus tard, la clim faisait descendre la température de dix degrés. Il a commandé une bière et moi un diabolo menthe. Ça faisait un peu gamine, je m'en foutais, je ne cherchais pas à l'impressionner.

– Je trouve que la bière a un goût de pipi de chat, lui ai-je même avoué.

Il a avalé une gorgée et a eu un petit claquement de langue appréciateur.

– C'est justement l'amertume que j'aime dans cette boisson.

On a discuté comme deux potes qui se connaissent depuis longtemps. Il m'a raconté son père qui s'était barré alors qu'il n'avait pas cinq ans, puis le cancer du sein de sa mère, l'année dernière. Je lui ai parlé de mon frère que je trouvais insupportable jusqu'à ce qu'il tombe malade et que j'aie peur de le perdre. C'était la première fois que je le formulais à voix haute. Mon verre était vide, le sien aussi et pour ne pas trop dépenser, on a demandé une carafe d'eau. On l'a descendue aussi. C'est de cette manière qu'on est devenus amis, comme une évidence.

Je n'ai pas vu le temps passer. Tout à coup, il était tard, il fallait que je rentre, je n'avais pas racheté de lait et on n'avait rien à bouffer pour ce soir. La piscine allait fermer, Solal a dit « C'est pas grave » et il m'a raccompagnée à l'arrêt de bus. J'ai consulté mon téléphone et désactivé la fonction *Ne pas déranger*. J'avais neuf appels en absences. Cinq de ma mère et quatre de mon père. Ils ne m'avaient laissé aucun message. La peur, oubliée pendant quelques heures, est remontée en moi, telle une eau croupie. Ce devait être grave. La dernière fois qu'ils avaient essayé de me joindre à autant de reprises, c'était pour m'annoncer qu'Arthur était à l'hôpital.

– Qu'est-ce qui se passe ? a demandé Solal.

Le bus est arrivé et je suis montée sans même lui dire au revoir. Le cœur barbouillé d'inquiétude, j'étais déjà en train de rappeler mon père. Il a décroché à la première sonnerie, sa voix a cogné mon oreille.

– Rentre vite, a-t-il dit. J'ai une bonne nouvelle. Ton frère est en rémission.

Chapitre 15
VIVIANE

On se calme. Rémission ne veut pas dire guérison.

Pourtant, lorsque papa m'a annoncé la nouvelle, j'ai bien failli chialer. Le souffle court, j'ai bredouillé « J'arrive » avant de raccrocher.

Rémission, rémission, rémission.

Le mot tournait en boucle dans mon cerveau, une bulle de bonheur gonflait dans ma poitrine, j'avais l'impression que je pourrais voler. J'ai éprouvé soudain le besoin de partager ce moment avec Lily-Rose, impossible de garder ça pour moi. Et puis, je me suis rappelé que je l'avais agressée. La honte est revenue, tel un boomerang. J'avais oublié, le temps de quelques heures, que je m'étais conduite comme une idiote. Je devrais lui présenter des excuses avant de pouvoir la regarder en face.

La deuxième personne que j'ai eu envie d'appeler était Solal. Encore raté. Je l'avais planté là, sans explications, on n'avait même pas échangé nos numéros. Pas grave, Arthur allait sortir de l'hôpital, et tout le reste s'arrangerait en temps voulu. *Rémission.* C'était une sacrée bonne nouvelle.

Appuyée contre la vitre du bus, j'ai laissé la paroi brûlante me chauffer la joue. J'ai regardé la rue écrasée de chaleur, les gens marchant, comme ralentis, les gosses en slip de bain qui jouaient au pistolet à eau sur la pelouse. Et là, une pensée aussi pointue qu'une écharde est venue percer ma bulle de joie. L'oncologue d'Arthur, qui avait toujours accepté de répondre à mes questions, m'avait expliqué qu'il y avait plusieurs étapes dans la prise en charge de la leucémie. Si mon frère était en rémission, c'était parce que la phase 1 avait bien fonctionné. Un peu frénétique, j'ai dégainé mon portable et tapé une recherche Google :

« Soigner une LAL »

Bingo, j'avais raison. Arthur allait maintenant attaquer la « phase de consolidation et d'intensification ». La rémission signifiait qu'il avait presque entièrement supprimé les cellules anormales de son organisme. *Presque*. Ce bête petit mot faisait toute la différence. « Pour éliminer les blastes résiduels, des traitements complémentaires sont nécessaires, disait l'article. Ce protocole peut durer de quatre à six mois. »

En clair, ce n'était pas encore le moment de faire péter le champagne.

Arrivée à la maison, je n'ai pas eu le cœur de gâcher la joie ambiante. Papa m'attendait. Il sortait de la douche et s'était rasé de près. Il a ouvert grand les bras et sans qu'un mot soit échangé, on s'est serrés l'un contre l'autre. Je ne me rappelais même pas la dernière fois que c'était arrivé. Dans la famille, c'est Arthur le plus câlin. Il est limite collant, tandis que moi, je préfère garder mes distances. Pourtant, dans l'étreinte de mon père, je me suis sentie bien. Lovée dans ses bras solides, j'avais à nouveau trois ans, il me consolait d'un cauchemar qui m'avait réveillée épouvantée au cœur de la nuit. Comme j'étais en sécurité, dans cette petite île où la leucémie, l'angoisse et les frères qui ont perdu leurs cheveux n'existaient pas ! J'ai respiré son odeur de savon et de menthe et repoussé mes doutes sur la suite du traitement. Quoi qu'il arrive, ça resterait vrai, que lui et moi, on avait été heureux ensemble aujourd'hui.

– Il rentre dans une semaine, a-t-il soufflé à mon oreille. Le temps de sortir complètement d'aplasie.

On allait se retrouver tous les quatre juste au début de l'été. Même si je savais que je pouvais dire adieu aux vacances à la mer cette année, c'était réconfortant de penser que maman et Arthur revenaient à la maison. J'ai balayé la pièce du regard. Le sol qui avait besoin d'un bon coup d'aspirateur, la poussière sur les meubles, le bordel sur la table du salon. Sans parler de l'état de la cuisine. Comment allais-je pouvoir nettoyer tout ça ? Je ne savais pas par quel bout commencer !

– Il y a du boulot, a confirmé papa en grimaçant.

Ensuite, il s'est marré et a plié le bras pour faire gonfler ses biceps.

– Moi être costaud, a-t-il frimé, et je n'ai pas pu m'empêcher de rire, même si sa blague était tout à fait naze.

On a trimé comme des esclaves et à la fin de la soirée, on était aussi fiers que transpirants. La maison avait retrouvé un aspect normal. Je n'aurais jamais cru que faire le ménage pouvait me procurer un tel degré de satisfaction. Le lendemain, Solal m'a dit que lui aussi avait dû se charger du nettoyage, du linge et de la cuisine pendant le cancer de sa mère.

– Quand la maladie touche un de tes proches, ta vie change brusquement. Tu ne peux plus te permettre d'être un gamin insouciant, tu es obligé de t'impliquer.

Lui vivait seul avec sa mère, il avait dû tout porter sur ses épaules. Ma gorge s'est serrée.

– C'est un peu comme un dommage collatéral dans un accident.

On s'est regardés et une muette compréhension est passée entre nous. J'ai souri, bravache :

– Dans quelques jours, ce sera différent.

Je ne savais pas à quel point.

Pour la sortie d'Arthur, on ne s'est pas contentés de briquer la maison. Papa m'a aidée à confectionner une pancarte

« BIENVENUE CHEZ TOI » et il a acheté des pizzas à La Pasta, notre restaurant italien préféré. Comme nous ne pouvions pas nous déplacer à l'extérieur (Arthur était encore trop fragile), il a commandé quatre *calzone*, qui sont, de l'avis de tous les membres de la famille, les meilleures pizzas au monde. Quand l'ambulance s'est garée devant chez nous, l'air embaumait une irrésistible odeur de pâte chaude.

La vue de mon frère m'a causé un choc. S'il semblait aller mieux depuis le week-end précédent, il avait mal supporté le traitement à la cortisone. Sa peau gonflée était tendue comme un ballon sur ses joues pâles.

– Salut E.T. ! ai-je lancé tandis qu'il s'avançait.

– Viviane ! a grondé ma mère, furieuse.

– Ben quoi ? C'est son film préféré.

Un peu inquiète, j'ai sondé mon frère. On adorait ce vieux film de Spielberg, on l'avait visionné en boucle quand on était plus petits. À quel moment avais-je arrêté de le regarder avec lui ?

– *Téléphone maison*, a-t-il lâché en imitant la voix nasillarde de l'extraterrestre.

Un sourire est passé sur les traits fatigués de maman.

– Bonjour quand même, a fait papa en lui ôtant une valise des mains.

– Il y a aussi le bagage d'Arthur et son sac de médicaments.

– Bien madame, a-t-il acquiescé avec une petite courbette.

Une fois l'ambulance repartie, Arthur s'est allongé sur le canapé, juste au-dessous de notre pancarte. Il l'a contemplée sans rien dire, et ma mère s'est perchée sur l'accoudoir, près de lui. On s'est retrouvés face à face, mon père et moi assis sur les fauteuils et eux sur le canapé. Il y a eu un étrange moment de flottement. J'avais l'impression qu'une sorte de zone infranchissable nous séparait, comme s'ils n'étaient plus tout à fait à leur place dans cette maison qu'ils avaient quittée à peine deux mois auparavant.

Il fallait briser ce silence. J'ai lu à voix haute ce qui était écrit sur la pancarte :

– Bienvenue chez toi !

Papa a alors proposé qu'on déjeune sur la table du salon et je l'ai aidé à tout installer. Les immenses pizzas débordaient des assiettes, maman paraissait contente et Arthur a annoncé qu'il avait une faim de loup. J'ai attaqué la pâte croustillante avec voracité et maman m'a demandé comment s'était passée ma dernière semaine au lycée. J'ai avalé ma bouchée en m'extasiant sur le fait d'être bientôt en vacances. Je n'avais pas envie de gâcher ce moment en parlant de ma brouille avec Lily. On n'était pas vraiment fâchées, je lui avais même présenté des excuses, mais plus rien n'était pareil entre elle et moi. Bien qu'elle prétende le contraire, elle devait m'en vouloir parce qu'elle ne me regardait pas en face et je me sentais mal de l'avoir traitée comme je l'avais fait.

– Toi aussi, t'es en vacances ! ai-je lancé à mon frère.

Il ne reprendrait les cours qu'à la rentrée, avec des profs à domicile, avant d'intégrer le collège.

– Je suis pas pressé.

Sa réponse m'a étonnée. J'aurais cru au contraire que l'école lui manquerait. Il est plutôt du genre à ne pas vouloir louper un jour tellement il est sérieux. Papa a froncé les sourcils, est-ce que j'avais gaffé en évoquant le mois de septembre ? Après tout, on ne savait pas comment les choses allaient évoluer d'ici là. C'était compliqué de se projeter. Tout était devenu compliqué.

– On verra bien, a dit maman en se raclant la gorge. En attendant, c'est bientôt ton anniversaire, Arthur.

Je n'ai pas résisté à l'envie de l'asticoter.

– N'oublie pas que le 14 juillet est un jour très spécial !

– Oui, tout le pays est au courant, merci, a rétorqué mon frangin, pince-sans-rire.

Mon frère est né le jour de la fête nationale, et il a longtemps cru qu'on tirait des feux d'artifice rien que pour lui. Tous les ans, je le chambre avec ça. Mon père lui a alors proposé d'inviter tous ses copains, ce serait l'occasion de les retrouver.

– Onze ans, ça se célèbre ! Qu'en penses-tu ?

Maman a froncé les sourcils, elle n'avait pas l'air d'accord avec l'idée de faire une fête. Arthur n'a pas répondu à la question. Il était fatigué, il voulait se reposer. Quand il est allé dans sa chambre, j'ai vu que sa gigantesque pizza était à peine entamée.

CHAPITRE 16

ARTHUR

Rien ne se passe comme je l'ai imaginé.

J'ai été si content quand la professeure Takahashi est venue m'annoncer que j'étais entré en rémission. Je pouvais partir comme prévu ! J'en suis pratiquement tombé dans les pommes. Enfin, j'allais retrouver mon chez-moi, ma chambre, le monde extérieur. Qui aurait cru que six malheureuses semaines puissent paraître aussi longues ? Je me suis fait l'effet d'un prisonnier venant de purger sa peine et à qui on rend sa liberté.

Lucas, qui a tellement fait d'allers-retours entre l'hôpital et la maison qu'il ne peut les compter, est passé me dire au revoir, la veille de ma sortie. Il avait encore dix jours à tirer avant de retourner chez lui, le temps allait lui paraître long après mon départ.

– Parce que tu crois que je vais te laisser tranquille ? l'ai-je rassuré. Je te téléphonerai tous les jours, tu ne vas pas te débarrasser de moi si facilement.

Il a redressé les épaules.

– Je sais bien que mes blagues vont te manquer. Qui va te faire marrer quand je ne serai plus là ? Parole de cancéreux, je t'en raconterai une par jour, t'as pas intérêt à oublier de m'appeler !

Je lui ai appris mon check, celui inventé avec Théo. Quand on sera guéris tous les deux, je demanderai aux parents de l'inviter à la maison. Je suis sûr que mes amis l'aimeront autant que moi.

– Une petite dernière, avant que tu t'en ailles, a-t-il dit depuis la porte. Tu sais ce qu'on donne à un éléphant qui a la diarrhée ?

– Non.

– De l'espace... beaucoup d'espace.

Et il est sorti pour de bon.

Le matin de mon départ, j'étais réveillé bien avant que Tarik ne vienne faire mes soins.

– Tu pètes la forme aujourd'hui, a-t-il fait remarquer en changeant le pansement de mon PAC. C'est parce que tu nous quittes que tu es d'humeur aussi joyeuse ?

– Tu vas me manquer.

J'étais sincère. J'étais super content de sortir de l'hôpital, mais aussi un peu triste parce que je devais quitter des gens qui avaient été aux petits soins avec moi. C'est ce qu'on appelle un paradoxe. Il a souri et les deux extrémités de sa moustache ont pointé vers le haut.

– Ne prends pas cet air coupable, je te fais marcher bonhomme. C'est normal que tu sois heureux de partir. Toi aussi, tu me manqueras.

J'ai pris le temps de réfléchir.

– Ça doit être difficile, d'être infirmier. Tu soignes les enfants, tu fais tout ce qu'il faut pour les soulager... et quand ils vont mieux, ils partent.

Il a eu son rire chantant.

– C'est un bon résumé de mon métier. J'accompagne les malades sur un petit bout de chemin. OK, ce n'est pas la période la plus agréable de leur vie, mais je suis là pour ça. Lorsqu'ils quittent le service, comme toi, c'est une bonne chose parce que ça signifie qu'ils ont avancé sur la voie de la guérison. Et puis, ce n'est qu'un au revoir...

Je dois revenir ici dans deux mois pour une autre phase d'intensification. Ensuite, on reprendra la consolidation et je rentrerai à la maison pour la « maintenance ». Bref, la ligne d'arrivée est encore loin.

– Et n'oublie pas ce qu'on s'est dit : chaque étape de la course est importante. Alors, un obstacle à la fois.

Tarik était plein de sagesse et de cœur. Il a tendu la main, paume face à moi, et on a échangé un check (on avait eu le temps d'en mettre un au point et il était très classe). Ensuite, il est parti en faisant des claquettes dans ses baskets jaunes.

Le retour en ambulance m'a paru très long. Maman, assise près de moi à l'arrière, m'a conseillé de dormir. Plus facile à dire qu'à faire. À mesure que les kilomètres me rapprochaient de la maison, une boule grossissait dans mon ventre, qui n'avait rien à voir avec les effets secondaires de mon traitement. Est-ce que je retrouverais une vie *normale* en dehors de l'hôpital ? Et si les gens se retournaient sur mon passage, quand je marcherais dans la rue ? Est-ce que mes amis seraient contents / horrifiés / paniqués de me revoir (ou peut-être les trois à la fois) ? Bien que j'aie souvent trouvé le temps long, dans ma chambre d'hôpital, j'étais à l'abri, loin de leurs regards. Dans les lettres qu'on avait échangées, je pouvais bien faire semblant. Je leur disais : « Ça ne va pas trop mal », ou : « Je me suis fait faire la coupe de Kanté, c'est trop cool », et ils me croyaient.

Quand je les retrouverai, je ne pourrai plus mentir. Ils me découvriront tel que je suis pour de vrai.

Et ce n'est pas beau à voir.

Lorsque la porte de l'ambulance s'est ouverte, papa se tenait là, avec Viviane. Il m'a aidé à descendre et m'a installé sur le canapé. Maman m'a recouvert du vieux plaid plein de bouloches qu'on partage quand on regarde un film ensemble. J'ai tiré sur les coins pour m'enrouler jusqu'au cou et me cocooner dedans, le temps qu'ils récupèrent mes affaires (c'est incroyable tous les trucs qu'on a rapportés à l'hôpital, un vrai déménagement).

« BIENVENUE CHEZ TOI », proclamait une grande bande de papier, j'ai reconnu l'écriture serrée de papa et le talent de Viviane. Elle avait représenté un cheval en train de se cabrer, les sabots postérieurs posés sur le B de « Bienvenue ». C'était beau et la boule dans mon estomac a sérieusement diminué. En plus, des effluves délicieux embaumaient la maison et mes glandes salivaires se sont activées, comme pour le chien de Pavlov lorsqu'il entend sa clochette. Odeur de pizza voulait dire *calzone* de La Pasta, et ça, c'était la meilleure manière de retrouver le monde du dehors. Ces dernières semaines, tout ce que j'avais mangé paraissait avoir été prémâché ! J'ai enfourné une bouchée en me brûlant les lèvres. C'était chaud, la texture du fromage était élastique et la pâte, craquante à l'extérieur, moelleuse dedans. Pourtant, ce n'était pas comme d'habitude. Au lieu de l'explosion de la tomate et de l'origan sur mes papilles, je n'ai ressenti que de la fadeur. J'ai masqué ma déception en avalant une deuxième bouchée. Alors, ça aussi, le cancer me l'avait pris ? Je n'étais même plus capable de me régaler de mon plat préféré ? Les autres ne s'étaient aperçus de rien, l'ambiance était chouette, j'ai déclaré que c'était délicieux.

Ensuite, papa a parlé d'inviter ma classe pour mon anniversaire, mais il a vite changé d'avis devant le regard noir de maman.

– Ou on se contentera d'inviter Théo et Mathilde, a-t-il rectifié en toussotant dans sa main.

Tout à coup, la boule est revenue squatter mon ventre. Mes amis, le club de voltige, mon anniversaire, plus rien ne me semblait facile. J'ai repoussé mon assiette.

– Tu ne te sens pas bien ?

Erreur fatale, maman était déjà repartie sur le mode inquiet. Je me suis frotté l'estomac d'un air satisfait.

– Si, si, ça va. C'est juste que je ne suis plus habitué à manger beaucoup. Je suis calé.

Viv a pouffé :

– C'est sûr qu'une pizza de géant pour un troll dans ton genre, c'est mission impossible !

– Viviane !

Je n'avais jamais autant apprécié l'humour un peu vache de ma sœur qu'à ce moment.

*

Le jour de l'anniversaire, j'étais impatient et excité et angoissé, tout ça en même temps. En accord avec l'équipe médicale, mes parents avaient décidé de décaler un peu la date de la fête pour l'éloigner de ma séance de chimio. Mes onze ans étaient donc périmés depuis quatre jours quand on a sonné à la porte. J'ai préféré laisser mes parents aller ouvrir. Viviane boudait dans la salle de bains parce qu'elle venait de se disputer avec maman. Ça ressemblait à l'ambiance d'avant, mais en fait, ce n'était plus pareil.

Avant, maman était du genre à rire des « humeurs » de Viviane.

Avant, elle ne vérifiait pas quinze fois par jour que je n'avais pas de fièvre.

Avant, elle ne grognait pas sans arrêt, elle n'était pas obsédée par le nettoyage, et elle disait souvent : « Ça ira bien comme ça. »

Des voix ont retenti dans l'entrée, je n'osais toujours pas sortir de ma chambre. Qu'est-ce que j'espérais ? Que mes cheveux repoussent instantanément ? Que ma tête ne ressemble plus à un melon sous OGM ?

Sur son poster, Bob a secoué sa crinière en soufflant par les naseaux. *Fais-leur confiance, ce sont tes copains, ils t'aiment quelle que soit l'allure que tu as.*

Papa a passé le visage par l'entrebâillement de la porte.

– Tu viens fiston ?

– J'arrive !

J'ai détesté le ton plaintif que j'avais pris pour lui répondre.

Go ! a piaffé Bob et je me suis levé parce que si ça continuait, il allait me botter les fesses.

Dans l'entrée, Théo et Mathilde m'attendaient, un peu rigides et empêtrés. Maman leur avait distribué des surchaussures jetables et venait de les briefer à propos du lavage des mains pour éviter les germes. Ils avaient échappé de peu au port de la blouse et du masque, uniquement parce que le médecin avait assuré que mes taux de globules blancs étaient bons.

Je me suis avancé vers eux en lâchant un petit « Hello ».

J'attendais le verdict.

Mathilde a écarquillé les yeux et Théo a cligné des siens à plusieurs reprises. Juste quelques secondes, le temps pour leur vue de s'adapter, de la même manière qu'on fait la mise au point quand on passe d'une lumière vive à la pénombre.

– Waouh ! a lâché Théo, en rupture de mots (ce qui est un cas assez rare pour être signalé).

Mathilde a soudé son regard au mien, puis elle a dit « Salut ! » en s'approchant pour me faire la bise. Un délicieux parfum d'air frais et de vanille a chatouillé mes narines quand elle s'est penchée sur moi. Avec un enthousiasme exagéré, maman a frappé dans ses mains en s'écriant « Que la fête commence ! ».

Ma sœur s'est pointée en traînant les pieds et on s'est réunis autour de la table en faisant comme si tout était normal. Mes amis m'ont raconté ce que je manquais à l'école (pas grand-chose, selon Théo), Mathilde m'a décrit comment elle avait obtenu son galop 4 (celui que j'aurais dû passer moi aussi). Ils ont plaisanté et tout le monde riait très fort. Ils ont chanté « Joyeux anniversaire Arthur », pas très juste mais avec beaucoup de conviction. J'ai soufflé mes bougies, ouvert mes cadeaux, j'ai dit merci, en faisant semblant. Un souvenir n'arrêtait pas de tourner dans ma tête. Cette impression de donner le change pour rassurer les autres, je l'avais déjà éprouvée à un examen de voltige, il y a deux ans.

Ce jour-là, j'étais trop nerveux, mon cheval le sentait. Dès la première figure, c'était déjà fichu. J'avais bâclé le moulin[1], loupé la station debout qui s'effectuait pourtant au pas. Quand le passage au galop était arrivé, j'étais en nage. Les genoux bien serrés sur les flancs de mon cheval, j'avais lâché mes mains et fait un demi-tour de piste. Je devais ensuite me mettre à genoux et tendre les bras derrière le surfaix[2] pour deux foulées minimum. En pleine manœuvre, j'avais glissé et m'étais écrasé par terre. J'avais recommencé bien sûr, mais on savait tous que j'avais raté l'épreuve. Au moment de saluer le jury, je souriais si fort que je sentais presque mes joues craquer.

Ensuite, mes parents m'avaient emmené fêter la fin de l'examen avec une glace, c'était la tradition après les compétitions. Je m'étais moqué de ma maladresse. De l'extérieur, on aurait dit que je m'amusais vraiment. Exactement comme à ma fête d'anniversaire.

Je suis plutôt doué pour jouer la comédie. J'aurais pu continuer jusqu'au départ de mes amis si tout à coup, ma sœur n'avait pas décidé de tirer le rideau.

Elle s'est levée d'un coup, a envoyé une vanne pourrie à ma mère, et j'ai enfin ri, pour de vrai.

---

1. Figure qui consiste à faire un demi-tour complet en quatre phases égales, assis sur le cheval.
2. Le cheval est équipé d'un surfaix (une sangle épaisse sur laquelle se trouvent des poignées) et d'un large tapis permettant au voltigeur d'effectuer ses figures.

Chapitre 17

VIVIANE

Ma mère est possédée, je ne vois pas d'autre explication. Attention, je comprends que ce soit dur pour elle en ce moment, mais là, elle s'est métamorphosée en mégère obsédée par le nettoyage. Tout doit être propre, nickel, désinfecté. Quand je pense que j'étais si contente qu'elle revienne à la maison ! Ce matin, c'était encore pire que d'ordinaire. Sous prétexte qu'on recevait les copains d'Arthur pour son anniversaire, elle n'a pas cessé d'être sur mon dos. « Range ceci, nettoie cela », si elle avait pu passer la maison au Kärcher, elle l'aurait fait. Papa s'est réfugié dans son bureau, je crois qu'à lui aussi, elle tape sur les nerfs. Notre ancien bordel nous manquerait presque.

À l'arrivée de Mathilde et Théo, on s'est tous installés dans le salon. Maman avait accroché des ballons au plafond, la table était décorée d'une nappe jaune criard et des cow-boys galopaient à bride abattue dans des assiettes en carton. Est-ce qu'elle croyait qu'Arthur avait encore six ans ? En tout cas, elle était remontée comme un coucou. Elle n'arrêtait pas de faire des allers-retours à la cuisine, apportait à boire, essuyait un jus d'orange renversé, allumait les bougies, servait le gâteau, elle me faisait penser au lapin Duracell de la publicité (le dur à cuire, celui qui bat encore du tambour quand tous les autres ont rendu l'âme depuis longtemps). Évidemment, elle faisait tout ça en couvant mon frère des yeux.

Arthur non plus n'était pas comme d'habitude. Tandis que ses amis parlaient de leurs vies en dehors de l'hôpital, il souriait bizarre, un peu comme quand maman cuisine un truc dégueulasse et qu'il prétend que c'est bon. Ensuite, il a déballé ses cadeaux en poussant des exclamations à chaque ouverture de paquet. Théo lui a offert un jeu Pokémon pour sa Switch reçue à Noël dernier ; Mathilde, une casquette et un tee-shirt du Pégase Club et moi, deux figurines très rares pour sa collection de chevaux. J'avais eu un mal de chien à les dénicher et j'étais plutôt fière de les lui offrir. Pourtant, ce n'était pas grand-chose par rapport à la méga-surprise de mes parents : ils avaient dérogé à leur règle sacrée en lui offrant un téléphone portable ! Et pas n'importe lequel, il s'agissait du dernier modèle sorti sur le marché, il devait coûter une blinde. J'ai songé à la phrase cent fois ressassée par mon père quand je le tannais pour avoir un smartphone avant ma troisième : « Nous te l'achèterons quand tu seras assez mûre pour en posséder un. »

Mon frère aussi devait s'en souvenir. Il a ouvert grand les yeux, ses sourcils se sont levés très haut, enfin, l'emplacement de ses sourcils s'est levé très haut puisqu'il n'a plus aucun poil ni cheveux sur le corps. Il a dit : « C'est génial » d'une voix hésitante et dans ses yeux, j'ai lu qu'on se posait la même question : nos parents lui faisaient-ils ce cadeau parce qu'ils étaient prêts à tout pour lui faire plaisir… ou parce qu'ils craignaient qu'il n'atteigne pas ses quatorze ans ?

Arthur s'est ressaisi, il a enfourné une bouchée de gâteau et affiché son sourire qui disait « Je-trouve-ça-délicieux-si-si-je-vous-assure ». Moi, je n'ai pas pu. J'avais épuisé mon quota de faux-semblants pour la journée. Alors, d'une voix un peu plus aiguë que je ne l'aurais voulu, j'ai lancé :

– Si j'avais su qu'il suffisait d'avoir un cancer pour se faire offrir un portable, je serais tombée malade moi aussi !

Ce qui était censé être une blague est tombé comme une bombe au milieu de la fête d'anniversaire. Seul Arthur a laissé échapper un petit rire. Il a toujours aimé mon humour borderline. Mes parents n'ont pas trouvé ça amusant. Mon père a grondé « Viviane ! » d'un ton rauque et ma mère n'a rien dit du tout parce qu'aucun son n'est sorti de sa bouche. Elle s'est contentée de river sur moi un regard noir, son visage exprimait une indignation sans bornes. Pendant une nanoseconde, j'ai été sur le point de demander pardon. J'étais allée trop loin, je ne voulais pas dire ça. Et puis, ma mère a grincé entre ses dents :

– Je n'arrive pas à croire que tu sois *jalouse* de ton frère. Avec ce qu'il vit en ce moment, tu devrais avoir honte.

Je ne savais pas qu'on pouvait être si blessant en parlant tout bas. C'est pourtant ce qu'elle a fait. Une bouffée de haine pure est montée dans ma gorge. Une main plaquée sur les lèvres, je l'ai retenue. Qui sait ce qui aurait pu sortir de moi, sinon ? Envahie par une nausée glaciale, je me suis levée en renversant ma chaise.

Il fallait que je parte.

Je ne me rappelle plus précisément de quelle manière je me suis retrouvée devant la maison de Solal. En sortant de chez moi, j'ai erré un moment, sans savoir où aller. J'ai d'abord pensé téléphoner à Lily, mais elle passait le week-end chez son père, à deux cents bornes de là. En plus, je ne l'avais pratiquement pas revue depuis que j'avais piqué ma crise au lycée. Quand je m'étais excusée, elle m'avait assuré qu'elle ne m'en voulait pas. Le problème, c'est que moi, je m'en voulais terriblement.

Camille, mon ex-meilleure amie, m'avait téléphoné une seule fois depuis l'annonce de la leucémie d'Arthur. Je ne me voyais pas l'appeler au secours, qu'aurait-elle compris de ce que je vivais ? J'ai donc envoyé un SMS à Solal.

Help, je suis à la rue.

C'était la stricte vérité, et dans tous les sens du terme. Je me retrouvais à la rue, sans aucun endroit où me réfugier et complètement paumée. À peine une minute plus tard, ma messagerie a bipé, il me disait : « Viens » en m'envoyant son adresse. Lorsqu'il a ouvert la porte, j'ai eu un instant de doute. Qu'est-ce que je foutais là, chez un mec que je venais juste de rencontrer ? J'avais l'impression d'entendre ce qu'il pensait : « Cette fille est impulsive et colérique, un vrai nid à embrouilles. »

– Hello ! a-t-il simplement dit en s'écartant pour me laisser passer.

J'ai tenté un sourire. J'avais envie de chialer.

On a traversé le salon impeccablement rangé. Les volets étaient fermés et une fraîcheur relative régnait dans la pièce.

– Ma mère est chez sa sœur jusqu'à demain, a-t-il précisé en m'invitant à m'asseoir où je voulais.

J'ai choisi le fauteuil, j'avais une soif terrible. Avec le trajet en bus et cette chaleur épouvantable, mon palais était sec et je n'avais plus de salive.

– Tu veux une bière ? a-t-il proposé avant que je meure de déshydratation. (Et puis, il s'est esclaffé.) Ah non, c'est vrai, la bière a un goût de pipi de chat.

J'ai grimacé. La honte, pourquoi lui avais-je dit cela ? Il a disparu dans la cuisine et est revenu avec deux grands verres dans lesquels flottaient des feuilles de menthe.

– Virgin Mojito, a-t-il annoncé en me tendant le cocktail. Ma spécialité. C'est la seule boisson qui calmait les nausées de ma mère.

J'ai avalé quelques gorgées et une délicieuse sensation de froid mentholé a coulé dans ma gorge.

– C'est super bon !

– De l'eau pétillante, un peu de sirop aromatisé, deux tranches de citron vert et un bouquet de menthe à portée de main, a-t-il dévoilé d'un air modeste.

Il s'est installé par terre, en tailleur en face de mon fauteuil, et a levé son verre en disant : « À la tienne. » J'ai savouré la boisson et les mots sont tombés de ma bouche sans que j'aie prévu de les dire.

– J'ai vraiment merdé.

Je le pensais. J'avais gâché l'anniversaire d'Arthur alors qu'il sortait à peine de l'hôpital. Ses amis devaient me prendre pour une tarée, et mes parents… La gorge à nouveau nouée, j'ai revu le regard de ma mère. Le poids de son jugement sur moi. Je l'avais détestée pour ça.

J'ai posé mon verre vide sur la table.

– Je voudrais me bourrer la gueule. Dommage que je trouve l'alcool dégueulasse !

Je ne plaisantais qu'à moitié. Solal m'a considérée en fronçant les sourcils. Il a eu un drôle de petit sourire avant de s'éclipser pour fouiller dans un placard.

– Gestion de crise, a-t-il dit en revenant avec un briquet et une cigarette en forme de cône.

– What ? Le mec le plus sage de la classe me propose de fumer de la beuh !

Je n'en revenais pas. Solal, qui était en train de tordre l'extrémité du cône pour former une mèche, a interrompu son geste.

– C'est comme ça que tu me vois ? Comme un intello incapable de marcher en dehors des clous ?

Il avait l'air blessé, j'aurais voulu ravaler ma remarque. Qu'est-ce qui clochait chez moi ?

– Excuse-moi, ai-je bafouillé, je suis à côté de la plaque aujourd'hui.

La flamme a jailli du briquet et Solal a tiré sur le joint pour l'allumer. L'odeur puissante n'était pas déplaisante.

– Moi, avant de te connaître, je pensais que tu étais une fille superficielle, a-t-il révélé. Tu sais, du genre à ne penser qu'aux fringues et aux mecs.

– Quoi ?

Mes poings se sont crispés sur le fauteuil.

– ... jusqu'à ce que tu défonces un casier en envoyant tout le monde chier, a-t-il conclu.

Je me suis détendue. Un petit sourire narquois flottait sur ses lèvres.

– Tu es en train de te foutre de ma gueule, ai-je grommelé.

Sans mot dire, il s'est assis par terre et m'a tendu le joint. Je l'ai pris d'une main un peu tremblante et j'ai aspiré aussi fort que je pouvais. Grave erreur. La fumée âpre m'a écorché la trachée, a enflammé mes poumons, et j'ai toussé à m'en tirer les larmes. Solal a rigolé.

– Virgin pétard ? a-t-il fait. Intéressant.

Un peu vexée, j'ai pris une nouvelle bouffée, en prenant garde d'y aller doucement, cette fois. Je n'allais pas avouer que je n'avais jamais fumé, même une cigarette. Je n'ai pas toussé. Au bout de quelques taffes, j'avais pris le pli et une douce torpeur a engourdi mon corps. Pendant un moment, nous n'avons pas parlé, le bout incandescent du joint rougeoyait dans la pénombre en passant d'une main à l'autre. Je n'éprouvais aucune gêne. Un silence s'est étiré, confortable, Solal a agité le mégot au-dessus d'une coupelle qu'il avait pensé à apporter.

– En réalité, ce cannabis n'est pas à moi.

Il a tiré une dernière taffe, profondément, avant d'écraser le filtre carton dans la coupelle ébréchée.

– Je ne voudrais pas que tu croies que je me défonce à la moindre occasion. C'est ma mère qui fumait pour soulager sa douleur. Usage thérapeutique, comme pour toi aujourd'hui. Faut pas en abuser, ça bousille les neurones, ce truc-là.

Un besoin de rire, fort, m'a traversée de part en part. J'ai pouffé comme une idiote.

– Pendant une seconde, j'ai eu peur que tu sois un bad boy. En vrai, t'es bien un intello !

– Et toi une peste !

Lorsque mes gloussements se sont calmés, une langueur bienfaisante s'est répandue en moi, repoussant les ombres. Mon iPhone a vibré dans ma poche, je l'ai sorti pour y jeter un coup d'œil. L'écran était rempli de notifications d'appels et de textos. Cela faisait un moment que j'étais partie en claquant la porte. Le dernier message de ma mère était on ne peut plus explicite :

Maman : Rentre IMMÉDIATEMENT ou j'appelle la police!

L'esprit embrumé, j'ai tapé fébrilement une réponse.

Moi : Tout va bien. Je suis chez Lily.

Et puis, de l'index, j'ai fait taire l'appareil.

Chapitre 18

VIVIANE

J'ai enfoui le téléphone au fond de ma poche.

– Mes parents sont largués. Ma mère surtout.

Solal a reposé la tête en arrière contre la banquette. Il a fermé les yeux, mais je sentais qu'il était tout entier tendu vers moi. Il m'écoutait vraiment. Alors, j'ai continué. Je lui ai dit combien j'avais fait d'efforts pour être celle qu'on attendait que je sois. Présente pour mon frère, attentive aux besoins de mes parents, cherchant à les décharger de la responsabilité de la maison.

– Pour ma mère, rien n'est jamais suffisant. Je ne sors plus, j'essaie de toutes mes forces d'être là pour ma famille, et les rares fois où on se voit, elle ne me fait que des reproches.

Un sanglot sec a noué ma gorge, je l'ai refoulé.

– Tout à l'heure, elle a dit que j'étais jalouse d'Arthur. Devant tout le monde !

– Et tu l'es ?

La question de Solal m'a prise de court.

– Non ! me suis-je exclamée. Si… non.

J'ai tenté d'éclaircir mes idées. Pas facile. J'avais dans la bouche le goût de la fumée et mon cerveau était comme enveloppé d'un voile qui recouvrait mes pensées sans les dissimuler tout à fait.

– Je ne suis pas jalouse de lui, qui aurait envie d'avoir une leucémie ? C'est juste que… (ma langue peinait à charrier les mots), j'ai l'impression d'avoir disparu. Je pourrais crier « Eh oh ! Regarde, je suis là moi aussi ! » que ma mère ne m'entendrait pas. Elle est tellement focalisée sur Arthur – et je le comprends, je te jure ! – qu'elle a *oublié* qu'elle avait une fille.

– Tu lui as dit ce que tu ressentais ?

Solal s'était redressé et avait plongé ses yeux dans les miens. Ses pupilles s'étaient dilatées et j'ai eu la sensation d'être hypnotisée.

– Non… Comment veux-tu ? C'est déjà tellement compliqué en ce moment. Je ne peux pas les encombrer avec mes problèmes de gamine alors qu'Arthur risque de…

Ça, j'étais incapable de le dire.

– Je ne trouve pas que tu te comportes en gamine, a affirmé Solal en me fixant de son regard brûlant.

Ses yeux sombres m'emportaient, comme deux flammes noires qui grandissaient, incendiant son visage d'une colère libérée. Il a poursuivi :

– Tu t'agites dans tous les sens pour essayer de colmater les brèches, tu fais tout pour empêcher le bateau de couler. C'est ton devoir, tout le monde trouve ça normal. Personne ne se soucie de savoir si tu as envie d'autre chose.

J'ai acquiescé, c'était exactement ce que je ressentais. Évidemment, il ne parlait pas seulement de moi. Ses cils ont papillonné.

– J'ai pas mal déconné l'an dernier. J'allais même plus au lycée quand…

Il a marqué une pause. Sa voix s'est éraillée.

– … quand ma mère était malade. Elle a failli y rester, tu sais.

Il a passé une main dans ses cheveux avant de se hisser jusqu'au canapé. Il s'est affalé dessus, un bras sur la figure. Je ne voyais plus son expression.

– C'est pour ça que tu bosses à fond cette année ? ai-je chuchoté.

– Pourquoi j'aurais surmonté toute cette merde, sinon ?

Il s'est tu. Le sens de ses paroles s'est imprégné en moi tandis qu'une fatigue immense montait dans ma nuque, s'appesantissant sur chacun de mes membres.

Je crois que je déconne pas mal aussi, ai-je pensé avant de me laisser envelopper par le sommeil.

Le lendemain, la lumière du jour s'est infiltrée sous mes paupières embrumées. Langue sèche comme du carton, mal de tête carabiné. En plus, j'avais un début de torticolis, d'avoir dormi la nuque cassée sur l'accoudoir du fauteuil. J'ai contemplé mes vêtements froissés. Des odeurs de tabac froid imprégnaient l'air. Solal dormait encore, les mains jointes sous la joue, on aurait dit un gosse. En essayant de ne pas le réveiller, j'ai enfilé mes pompes et attrapé mon sac pour filer comme une voleuse. Il a bougé et s'est frotté les yeux, étonné en me voyant sur le départ.

– Tu veux pas prendre un ptit déj ?

– Il faut que j'y aille, ai-je marmonné en ouvrant la porte. Merci pour… tout.

Je me suis engouffrée dans la chaleur moite du dehors. Le ciel était bas et lourd, sûr que ça allait péter dans pas longtemps. Dans le bus qui me ramenait chez moi, je n'en revenais pas d'avoir passé la nuit chez un garçon que je connaissais si peu. En même temps, j'avais l'impression de le connaître depuis des plombes. Depuis toujours en fait.

Aussitôt arrivée à la maison, j'ai ouvert le frigo pour sortir à boire et de quoi manger. Je n'avais jamais eu aussi faim de toute ma vie.

– Alors, c'est tout ? Tu découches sans notre permission et tu ne prends même pas la peine de venir t'excuser ?

Ma mère venait de surgir, la mine chiffonnée et le regard accusateur.

– J'irai voir Arthur pour lui expliquer.

Selon moi, il était le seul à qui je devais des excuses.

– Parce que nous, tes parents, on n'a pas droit à une explication ?

J'ai fermé le frigo sans retenir un soupir d'exaspération. Qu'est-ce qu'elle voulait que je lui dise ? Que j'étais si pétée que je m'étais endormie chez un mec qu'elle n'avait jamais rencontré ? Pas sûr que ça lui plaise.

Un silence hostile a plané pendant qu'elle rangeait la cuisine. Je ne voyais que son dos qui s'agitait, ses gestes secs et nerveux. Elle a remis les chaises bien droites, s'est emparée d'une éponge pour nettoyer vigoureusement le plan de travail déjà propre.

– Viv, on s'est vraiment inquiétés hier soir. On était à deux doigts de lancer un avis de recherche.

– Tu penses pas que tu exagères, là ? ai-je rétorqué d'un ton provocant.

Ma mère s'est tournée vers moi d'un mouvement brusque. Je crois qu'elle s'est contenue pour ne pas me gifler. Dans un silence de plomb, nous nous sommes affrontées du regard. Colère contre colère. Ses mâchoires se sont contractées, elle a saisi mon bras, fort.

– Comment peux-tu être aussi égoïste et immature ? Tu ne trouves pas que les choses sont assez difficiles comme ça ?

Et sans me laisser le temps de répondre à ces questions qui n'en étaient pas, l'ordre a claqué, entre ses dents serrées.

– Tu vas dans ta chambre et tu réfléchis à ton comportement.

Une rage incandescente a brûlé dans ma poitrine. Je me suis approchée d'elle, le visage à quelques centimètres du sien.

– Parce que toi, tu n'es pas égoïste ? Tu penses aux autres peut-être ?

Une rougeur a recouvert sa peau.

– Est-ce que tu veux me dire quelque chose en particulier ? Vas-y. Explique-moi ce que tu me reproches. Parce que rien de ce que tu me diras ne pourra empirer la situation !

Brusquement, ses traits déformés par la colère, nos cris, cette violence qui vibrait dans l'air, tout s'est arrêté au-dedans de moi.

La douleur dans ma tête, trop forte, trop mal.

Je me suis dégagée doucement, j'ai reculé, baissé les yeux.

– Je suis désolée, ai-je dit dans le calme retrouvé.

Et en vacillant sur mes jambes, j'ai déserté le champ de bataille.

Chapitre 19

ARTHUR

On sait tous que dans la vie, il y a des bonnes et des mauvaises journées. Mon anniversaire, je le classe dans les bonnes journées finalement. Le pétage de plombs de Viviane a fait voler en éclats la petite comédie qu'on s'efforçait tous de jouer. Maman a pesté contre le mauvais caractère de ma sœur, papa a dédramatisé en disant qu'elle allait se calmer, mes amis ont commenté après coup l'ambiance électrique de la maison. Moi, ça m'a carrément soulagé d'arrêter de sourire comme un guignol. Alors, merci Viv pour cette sortie drama queen. Ça m'a permis de redevenir moi-même.

Si les lundis-hôpital ne sont pas les meilleures journées, elles ne sont pas les pires non plus. Je vais là-bas pour recevoir ma dose et on me fait un tas d'examens. L'oncologue s'appelle le docteur Merle. Avec son crâne parfaitement chauve, il est tout à fait raccord dans le service de cancérologie. Quand je l'ai dit à maman, elle a encore froncé les sourcils. Son sens de l'humour a décidément disparu. Lucas trouverait ça drôle, j'en suis sûr.

Le docteur Merle est gentil, même s'il est toujours pressé. Il m'a réexpliqué tout le tralala, sans rien m'apprendre de nouveau. Ce qu'il faut retenir, c'est que pendant des mois, je vais alterner les phases de traitement intensif avec les consolidations, en bref, je passe de l'internement, à Paris, à l'hôpital de jour, pas loin de chez moi. Je ne suis pas sorti de l'auberge. Ce que je n'aime pas, dans ces jours-là, c'est la sensation de changer de peau. En troquant mes habits ordinaires contre la blouse moche de l'hôpital, j'ai l'impression d'ôter ce qui fait de moi un garçon normal (chose que j'ai pas mal perdue de vue avec mes joues de hamster et mon crâne d'œuf). Je passe la première heure sans parler à personne, pas même à maman. J'inspire, j'expire, jusqu'à ce que mes poumons se remplissent de cette odeur spéciale. Je me réadapte.

Hier, c'était une mauvaise journée. D'abord, on m'a fait une ponction lombaire. L'anesthésie, le masque, la pression au bas de mon dos, ça ne me dérange plus trop. Le truc, c'est que maintenant, on prélève le liquide et on m'injecte de la chimio juste après. C'est un traitement préventif, m'a expliqué le docteur Merle. Pour éviter que les cellules leucémiques atteignent mon système nerveux central, ce qui provoquerait des séquelles graves. Quand il m'a dit ça, j'ai imaginé mon cancer attaquant mon cerveau et moi bavant dans un fauteuil roulant, ça m'a fichu les jetons. Il n'empêche que j'ai quand même la trouille des injections. Parce que j'ai beau m'hydrater, rester allongé pendant des heures, et suivre toutes leurs instructions à la lettre, je finis toujours par payer le prix fort. Je vomis, j'ai mal aux jambes, j'ai mal partout.

Ça ne dure que vingt-quatre heures, mais c'est hyper violent.

Pendant que j'étais couché après la ponction, j'ai envoyé plusieurs messages à Lucas avec mon nouveau smartphone. On s'appelle tous les jours. Lucas n'est pas au top, en ce moment. Il n'est pas encore sorti de l'hôpital à cause d'une sérieuse baisse de plaquettes, et on l'a transféré en chambre stérile pour un temps indéterminé. Du coup, on échange des histoires drôles pour enrichir sa collection.

Moi : Que demande un chat quand il rentre dans une pharmacie ?

Réponse : Puis-je avoir un sirop contre ma toux ?

Lucas : Quelle est la capitale de Tamalou ?

Réponse : Bobola.

Moi : Quel est le comble pour un médecin ?

Réponse : Travailler comme un malade.

OK, nos blagues sont un peu débiles, mais le temps paraît tellement long quand on est dans la « bulle » que j'essaie de le faire marrer, même un petit peu. Le problème, c'est que depuis trois jours, Lucas ne répond ni à mes appels, ni à mes messages. Après les devinettes, je l'ai bombardé de « Hello ? Tu fe koi ? Réponds ! ». Aucun retour. Même pas un smiley qui tire la langue, ou qui dégobille. Plus rien. Peut-être que son portable est tombé en rade. Peut-être qu'il va tellement mieux qu'il n'a pas une minute pour me parler. Peut-être qu'il dort tout le temps et que je le soûle. Non. Il n'est pas comme ça. Même super mal, il aurait trouvé le moyen de me faire un signe.

Une peur affreuse a rampé dans mon ventre.

J'ai écouté les bruits à l'extérieur de la chambre, le va-et-vient de l'hôpital. Mes jambes m'ont paru encore plus lourdes que d'habitude, comme si des poids y avaient été attachés. J'ai attendu que maman soit sortie chercher un café pour faire une nouvelle tentative. Toujours pas de réponse. Finalement, j'ai cherché le numéro de Trousseau sur mon portable et j'ai téléphoné au standard. La dame de l'accueil a transféré mon appel au service d'oncohématologie, j'ai demandé à parler à Tarik. Par chance, il était là. Quand sa voix chantante a résonné dans mon oreille, j'ai été transporté un mois en arrière. Je lui ai expliqué que je n'arrivais pas à joindre Lucas. Tarik s'est raclé la gorge, puis il a dit que comme je n'étais pas de la famille, il n'avait pas le droit de me donner d'informations.

– Alors qu'est-ce que je dois faire ? Il ne me répond pas, je ne peux quand même pas rester là à me faire des films !

– Je pourrais contacter ses parents pour qu'ils m'accordent l'autorisation de te parler.

Là, j'ai complètement paniqué. Qu'est-ce qui se passait ?

– S'il te plaît, s'il te plaît, me laisse pas comme ça, j'ai supplié.

– Je vais essayer de les joindre, a-t-il dit. Ne t'inquiète pas, je te rappelle.

Il a coupé la communication et j'ai attendu. Il en avait de bonnes. Évidemment que je m'inquiétais ! Pourquoi est-ce qu'il avait besoin de la permission de sa famille pour me parler ? Les parents de Lucas me connaissaient, je les avais rencontrés quand ils étaient venus à Trousseau. Ils savaient qu'on était amis.

Soudain, un vrombissement sourd. J'ai sursauté. Le téléphone vibrait dans ma main, je l'ai regardé à la manière d'un animal venimeux. Mon sang pulsait jusque dans le bout de mes doigts.

– Allô ?

– Arthur, c'est moi. Je vais tout t'expliquer.

Tarik avait baissé le ton, sa voix n'était plus chantante du tout. Avec beaucoup de douceur, il m'a raconté.

Lucas était en aplasie depuis trois semaines. Il avait attrapé une infection. Les médicaments n'avaient pas réussi à la stopper parce qu'il avait développé une sorte de résistance à force de recevoir des antibiotiques.

Il y a deux jours, il était tombé dans le coma. Il ne s'était pas réveillé.

On n'avait rien pu faire.

Il était mort la nuit dernière.

J'ai eu l'impression que mon corps s'enfonçait dans un fond vaseux.

– Il y a quelqu'un avec toi ? a voulu savoir Tarik. Passe-moi ta mère, je vais lui parler.

Le cœur battant par saccades, j'ai bafouillé que non, ce n'était pas la peine, je préférais lui apprendre la nouvelle moi-même. Maman est entrée dans la chambre.

– La voilà ! j'ai fait, et j'ai raccroché sans même dire au revoir.

– Je t'apporte ton goûter, a annoncé ma mère d'un ton joyeux.

Elle s'est assise à côté de moi, en prenant soin de ne pas déplacer le tuyau qui reliait mon PAC à la poche de réhydratation suspendue près du lit.

– Tiens, des Petit Beurre et une compote à la fraise, ton fruit préféré !

Je l'ai regardée boire son café à petites gorgées comme si je ne venais pas d'apprendre que Lucas était mort. Comme si je n'étais pas un mort en sursis moi aussi.

– Mange un peu, profites-en !

– Je suis fatigué.

Je lui ai tourné le dos, j'ai fermé les yeux. En remontant le drap sous mon menton, j'ai pensé qu'avant, j'aimais bien être au lit. Un lit, c'est reposant. On peut y dormir. Y lire ou bien rêver. Maintenant, je sais qu'on peut aussi y mourir.

Chapitre 20
VIVIANE

Cet été ressemble à un mauvais rêve. Les bords de mon monde s'effritent sous mes pas, si j'avance, je me casse la gueule. Mon père, en congé pour trois semaines, passe son temps à faire des sauts au bureau pour de prétendues urgences. Mon frère traîne sa figure blême du canapé à sa chambre et de sa chambre au canapé. Ses seules sorties sont les allers-retours à l'hôpital pour ses séances de chimio en ambulatoire. Maman est tout simplement invivable. Elle nettoie sans cesse, gère les rendez-vous médicaux, compose des menus équilibrés pour Arthur, contrôle sa fièvre.

Râle après moi.

La maison pue l'angoisse et le reproche.

Pour m'échapper, je vais à la piscine dès que je peux. Je sais que je ne reprendrai jamais la compétition mais j'ai retrouvé le plaisir de nager, avec ses petits rituels. D'abord, le bonnet et les lunettes. Ensuite, assise sur le rebord du bassin, je sangle mon iPod derrière ma tête et enfonce les écouteurs étanches dans mes oreilles. Ils ressemblent à des boules Quies, plus aucun bruit ne parvient jusqu'à moi, ça me convient parfaitement.

C'est là que je plonge.

La fraîcheur de l'eau mord ma peau tandis que la playlist démarre, j'émerge dix mètres plus loin avant d'embrayer sur un crawl à deux temps.

J'avance sur un fil... slame le chanteur, *en équilibre malhabile.*

Mes battements de jambes s'accordent à la musique, mes bras frappent l'eau, fort, et je file, droite comme une funambule. Mon corps me presse de ralentir, de calmer le jeu, mais ma tête n'est pas d'accord. Je sens les muscles qui tirent à la limite de la douleur, mon ventre contracté, la chaleur dans mes cuisses. J'accélère la cadence.

Je suis un funambule...

Mon esprit a une longueur d'avance sur mon corps qui se détend. Il n'existe plus rien que le chemin le plus rapide d'un point à un autre. L'eau, mon sang qui circule dans mes veines, la musique dans mes oreilles, tout se mélange dans un bel ensemble. C'est une sensation incroyable.

Presque à chaque fois, il y a Solal. Je l'aperçois, il me salue d'un mouvement de tête, sans chercher à me rejoindre. On nage dans des couloirs parallèles, longtemps. Quand on ressort, crevés et lavés de l'intérieur, on se claque la bise, puis on parle de tout de rien jusqu'à l'arrêt de bus. Parfois, on va boire un verre, on se balade. Par une espèce d'accord tacite, aucun de nous n'a évoqué la nuit que j'ai passée chez lui. Il m'a ouvert sa porte, m'a accueillie, écoutée, s'est livré à moi en retour. Je sais à présent que sous l'apparence lisse du garçon sérieux se cache quelqu'un qui souffre, comme moi. Si le verre pris dans ce bar la première fois a marqué les prémices d'une amitié, les choses confiées dans le creux de la nuit ont noué un lien solide entre nous. On se comprend, il nous suffit d'être ensemble, c'est tout.

Depuis que les cours sont terminés, Lily-Rose m'a inondée d'appels et de SMS pour me proposer des sorties, m'inviter à participer au bal du lycée. À chaque fois, je lui ai répondu, laconique, que je n'avais pas envie.

– Viv, tu es en colère contre moi ?

– Non, tout ne tourne pas autour de toi, tu sais.

J'avais parlé d'un ton maussade, encore une fois, je me montrais désagréable alors que ce n'était pas mon intention.

– OK, pas de problème, a-t-elle lâché, la voix un peu étranglée.

Je l'avais blessée. Cette pensée m'a procuré un sentiment inconfortable. Elle n'y était pour rien si Arthur était malade, si ma mère me rendait dingue, si ma famille avait explosé en plein vol.

– Tu veux passer à la maison ? ai-je suggéré pour essayer de me rattraper.

Elle a immédiatement accepté. C'était une bonne idée de la retrouver un peu, il était peut-être temps que j'arrête de me terrer dans mon trou.

Elle est venue le lendemain, j'avais prévu qu'on regarde une série en faisant des commentaires, comme on en avait l'habitude. Ça racontait l'histoire d'une famille dysfonctionnelle. Chaque membre de la fratrie avait un superpouvoir, à part la benjamine qui se sentait minable. Tout à fait ce dont j'avais besoin. Au bout de deux épisodes, Lily et moi sommes allées dans la cuisine grignoter un truc et Arthur est rentré de sa séance de chimio. Il faisait très chaud et son crâne blanc luisait de sueur. Ses yeux fatigués semblaient enfoncés dans leurs orbites, on aurait dit qu'il avait besoin de dormir au moins un siècle.

– Sa... salut ! a bégayé Lily en vacillant sur ses semelles compensées.

Elle avait beau faire de son mieux, elle n'arrivait pas à dissimuler le choc que lui causait l'apparition de mon frère. Je voyais très bien à quel point elle était gênée de réagir ainsi, et Arthur ne pouvait pas avoir manqué de le remarquer aussi. Maman est entrée à sa suite et a proposé de lui préparer un jus de fruit frais. Il a décliné son offre pour aller se reposer dans sa chambre. Ma mère a eu ce regard désolé que je commençais à lui connaître et tout à coup, je n'ai plus eu le cœur à rien.

– Ça t'embête si on mate la suite un autre jour ?

Lily a assuré un peu trop vite que non, cela ne l'embêtait absolument pas. Un éclair d'agacement m'a traversée. *Je suis prête à parier que tu es pressée de partir*, ai-je pensé. En même temps, est-ce que je ne m'échappais pas d'ici à chaque fois que j'en avais l'occasion, moi aussi ?

Depuis ce jour, je n'ai plus proposé à Lily-Rose de revenir à la maison. Elle a continué à m'appeler, à m'inviter chez elle ou à aller faire un tour en ville, j'ai systématiquement refusé.

– Si tu changes d'avis, n'hésite pas, a-t-elle dit la dernière fois que je l'ai eue au téléphone. (Sa voix s'était faite presque suppliante.) Tu sais que je pars pendant tout le mois d'août, ce serait bien qu'on se voie avant.

J'ai promis que je l'appellerais. Je ne l'ai pas fait. Sans l'avoir formellement décidé, je l'ai mise sur pause, et pas seulement elle d'ailleurs. À part Solal, je ne vois plus personne. Je me contente d'aller sur les réseaux et de regarder les posts des uns et des autres, comme une spectatrice devant une série addictive. J'ai l'impression de retenir mon souffle en attendant je ne sais quoi.

Je vis en apnée.

Mais bordel, quand est-ce que je vais me remettre à respirer ?

*

Ce sont les cris qui m'ont réveillée. Ils venaient de la cuisine et le volume montait crescendo. C'étaient mes parents.

– Mais enfin, tu ne peux pas faire ça ! protestait mon père.

– De toute manière, tu n'as aucun sens des réalités. Je ne vois même pas pourquoi j'en discute avec toi.

La tête encore en vrac, je me suis arrachée du lit pour comprendre ce qui se passait.

– Tu sais combien ce club est important pour lui, insistait papa. Tu n'as pas le droit de l'empêcher de…

– L'empêcher ? s'est révoltée ma mère. Ce n'est pas *moi* qui l'empêche de continuer la voltige, c'est son cancer ! Il est dans une phase cruciale du traitement, ce serait complètement irresponsable qu'il prenne le risque d'aller là-bas. Il est trop fragile.

Je suis restée à un mètre de la porte pour observer mes parents. Assis à la table du petit déjeuner, ils s'affrontaient devant leurs bols de café intacts. Papa a sifflé d'une voix sourde :

– Je sais très bien qu'il est fragile et je ne propose pas qu'il monte ni quoi que ce soit de dangereux. Assister à l'entraînement de Mathilde, retrouver ses amis, c'est possible avec quelques précautions. Mme Takahashi a d'ailleurs conseillé qu'il sorte un peu.

Maman a inspiré très fort, puis lâché une longue expiration. Je voyais bien qu'elle essayait de se calmer. Pourtant, elle était toujours furieuse quand elle a balancé sa torpille :

– Forcément, pour *monsieur*, tout est toujours possible. Ce n'est pas toi qui es présent à chaque injection de chimio, ni toi qui rafraîchis le front de ton fils à chaque fois qu'il vomit tripes et boyaux. Tu n'es pas là quand il peut à peine marcher après les ponctions lombaires et ce n'est pas toi non plus qui passes ton temps à t'assurer que son environnement est suffisamment sain pour qu'il n'attrape pas la première infection qui traîne.

Papa a essayé de l'interrompre, mais elle ne pouvait plus s'arrêter. Elle a repris son souffle et continué à tirer en rafales :

– Tu n'as pas passé deux mois à dormir sur un lit de camp et tu ne te coltines pas les navettes entre la maison et l'hôpital.

Tout ce que tu daignes faire, c'est gérer l'administratif pour qu'on bénéficie des prestations ! Et encore, tu râles à cause des formalités qui sont si compliquées. Quand tu rentres le soir, après une journée de travail bien remplie, tu dis : « Je suis crevé, je n'en peux plus » et je me retiens pour ne pas exploser. Parce que s'il y a une personne dans cette maison qui n'en peut plus, c'est MOI !

Elle s'est enfin arrêtée. Un rictus mauvais déformait sa bouche. Elle avait vidé son cœur, ses paroles avaient atteint leur cible comme autant de balles tirées à bout portant. Mon père était scotché, les mâchoires contractées. J'avais dû prendre des éclats d'obus moi aussi, parce que je suis restée là, complètement tétanisée, à les regarder depuis le couloir. Les odeurs du café frais, du pain grillé parvenaient à mes narines pendant que mes pieds semblaient soudés au sol. L'orage se propageait dans l'air, telle une onde malfaisante. Une petite voix lasse a brisé la chape de silence.

– Je m'en fiche, de ne pas aller voir Mathilde à l'entraînement. C'était son idée, de toute manière. Je n'avais pas l'intention de le faire.

Arthur était derrière moi, je ne l'avais pas entendu arriver. Encore en pyjama, il ne paraissait pas choqué par l'échange auquel il venait d'assister. Il semblait juste fatigué, horriblement fatigué.

– J'ai décidé d'arrêter la voltige, a-t-il déclaré. Maman a raison, de toute façon, c'est fichu.

Les mots sont tombés de son corps ratatiné, dégoulinants de désespoir. Je l'ai attrapé par la manche. Je me retenais pour ne pas le secouer.

– Sérieux Arthur ? Tu peux pas faire ça ! Ça fait des années que tu y vas !

– T'as bien abandonné la natation, toi.

– Ça n'avait rien à voir !

Il a détaché ma main de son bras, tout doucement, et il a fait demi-tour en traînant les pieds.

– Tu as peur qu'on se moque de toi ? ai-je crié. Parce que si c'est ça, on s'en fout complètement !

– Non, a-t-il dit d'une voix morne. C'est juste que j'ai plus envie maintenant.

Et il a fermé la porte de sa chambre. Une pensée m'a traversée, un éclair aussi pointu qu'un poignard.

Il a la démarche d'un petit vieux.

Il avait la même voix aussi, l'intonation d'un centenaire arrivé au bout de sa vie. Il venait de se résigner, il avait perdu le goût de vivre.

Chapitre 21

ARTHUR

– Ça y est, c'est fini, j'abandonne la voltige.

Je l'ai annoncé ce matin à mes parents. Ils se disputaient pour savoir si c'était vraiment raisonnable que j'aille faire un tour au club. J'ai réglé la question. Je pensais que ce serait difficile, que renoncer aux chevaux me rendrait triste, mais pas du tout. De toute façon, depuis que mon cancer s'est déclaré, j'ai perdu tellement de trucs. Ma santé, mes copains, mes cheveux ; Lucas... l'espoir. Alors, lâcher l'équitation, c'est rien. L'idée de remonter un jour, insouciant et en pleine forme, est complètement idiote. Je ne suis pas un idiot.

– Tu es fier de toi ?

Ma sœur s'est campée devant le canapé où je squattais pour regarder la télé. J'ai monté le son en l'ignorant. Elle m'a arraché la télécommande des mains et a appuyé sur le bouton off.

– Tu es fier de toi ? a-t-elle répété plus fort.

– Je ne vois pas de quoi tu parles.

– Sans déconner ? Tu arrêtes le truc que tu préfères au monde, et tu ne comprends pas de quoi je parle ? Merde, Arthur, dis quelque chose !

– Dire quoi ? Je suis réaliste, c'est tout. Je sais très bien que je ne remettrai jamais les pieds au centre équestre, alors pourquoi je ferais semblant ?

Elle a croisé les bras d'un air énervé, ce qui l'a fait ressembler à maman quand elle a un compte à régler (ça, valait mieux pas le lui dire).

– Tu racontes n'importe quoi. Quand tu seras guéri, tu reprendras la voltige, je ne vois pas où est le problème et...

Je l'ai coupée.

– Je suis prêt.

– De quoi tu parles ?

– Je suis prêt à mourir.

Viviane est devenue toute blanche, sans rire, on aurait dit que le sang s'était retiré de ses joues. Pour lui montrer que j'étais sérieux, je me suis allongé bien à plat et je me suis fait tout raide sur le canapé. J'ai fermé les yeux. J'ai songé à Lucas, sur son lit d'hôpital, ou à la morgue, ou je ne sais pas où on met les morts, et j'ai imaginé que c'était moi.

– Espèce de petit con ! a grondé ma sœur.

J'ai senti qu'on me tirait par les pieds, et avant que j'aie pu protester, elle m'avait fichu par terre.

– Eh ! Tu pourrais faire attention ! J'ai mon PAC, ai-je rappelé en geignant.

Elle s'est penchée sur moi, j'ai cru qu'on allait se battre, mais non.

– Pousse-toi de là, a-t-elle ordonné sans m'accorder un seul regard de pitié.

Je lui ai obéi pendant qu'elle arrachait les coussins d'assise du canapé. Elle était tellement furieuse que s'il y avait eu une porte, elle l'aurait claquée. Au lieu de ça, elle a disparu une minute puis est revenue avec ma couette qu'elle a étalée par terre. Ensuite, elle a placé les coussins debout contre la table basse pour former un rempart. Elle a attrapé le vieux plaid qui pendouillait sur le canapé désossé et m'en a tendu un bout. Elle n'avait pas besoin de m'expliquer, je savais ce qu'elle fabriquait. On a agrippé les quatre coins du plaid et écarté les bras. La couverture s'est tendue comme une voile. Viviane a alors coincé son côté de couverture dans le dossier du canapé pendant que je fixais le mien entre la table basse et les coussins posés perpendiculairement au sol.

– Tadam ! j'ai lancé comme on faisait quand on était petits à chaque fois que la cabane improvisée était terminée.

Ma sœur paraissait toujours aussi énervée. Elle s'est glissée sous le plaid et a tiré un pan pour former le troisième mur. Je l'ai rejointe en me faisant le plus petit possible. Même en nous serrant au maximum, on n'avait pas la place de se tourner. On s'est assis côte à côte en repliant les genoux.

– Ça faisait longtemps, a-t-elle constaté.

Et même très longtemps. Avant, j'adorais construire ce que j'appelais le « fort » du salon. C'était celui que je préférais, parce que Viviane m'aidait toujours à le monter. Je m'y planquais et je racontais que j'étais le roi Arthur, que nos ennemis ne pouvaient pas m'atteindre quand j'étais à l'intérieur. Je jouais avec mes figurines de chevaux et de chevaliers et parfois, ma sœur venait m'y rejoindre. Elle s'amusait avec moi, elle est très forte pour inventer des histoires. Et puis un jour, sans que je sache quand exactement, elle avait arrêté.

– Maintenant qu'on est là-dessous, a-t-elle affirmé, on ne craint plus rien, tu te rappelles ?

Dans la pénombre, je ne pouvais pas bien la voir, mais elle n'avait plus sa voix fâchée. J'ai soufflé un petit « oui » et elle a continué en baissant le ton :

– Alors, tu vas m'expliquer pourquoi tu traînes sur ce canapé toute la journée.

J'ai dégluti péniblement.

– Pourquoi tu abandonnes la voltige ?

– J'ai plus envie, c'est tout.

Ma gorge était si serrée que je n'arrivais pas à avaler ma salive.

– Tu ne peux pas tout lâcher comme ça. On se défonce pour que tu t'en sortes, et toi, tu laisses tomber !

– Lucas est mort.

Voilà, je l'avais dit. Les mots étaient remontés le long de ma trachée pour passer la barrière de mes lèvres. Ils étaient si lourds, si grands que j'ai presque eu le vertige en les prononçant. Viviane est restée silencieuse un bon moment. Elle devait absorber le choc, exactement comme quand on fait une chute de cheval. Il faut un temps pour retrouver son souffle, pour se relever et remettre un pied à l'étrier. Elle a fini par parler, si bas que sa voix couvrait à peine le bruit de nos respirations.

– Je trouve pas les mots... Je sais que tu l'aimais bien.

– Je n'ai même pas pu lui dire au revoir.

Elle s'est tortillée pour trouver une position plus confortable et j'ai senti la chaleur de son épaule contre la mienne.

– C'est horrible... a-t-elle commencé.

Je me suis emporté.

– Plus qu'horrible, même ! Il a fait une infection. Il était à l'hôpital et personne n'a pu le sauver !

– C'est horrible... a-t-elle repris comme si je ne l'avais pas interrompue. Mais ça n'a rien à voir avec toi. Il était malade depuis des années, et tu es en rémission. Ton traitement marche super bien !

– Ça n'empêche pas d'avoir la trouille.

Ma voix était sortie toute râpeuse. J'ai crispé les mains sur mes genoux osseux.

– J'ai tout le temps la trouille. Les gens me regardent comme un condamné en sursis, et en même temps, ils affirment que je vais guérir. En vérité, ils n'en savent rien. Personne n'en sait rien ! Personne !

Les yeux m'ont picoté et des larmes ont pointé au bord de mes cils. Je me suis essuyé du plat de la main, je ne voulais pas pleurer. J'étais en colère.

– Je suis coincé ici pendant que les autres vont de l'avant. Mathilde a obtenu son galop 4, et Théo revient tout juste d'Espagne où il a passé des vacances géniales. En plus, c'est bientôt la rentrée. Mes amis iront au collège, ils marchent vers leurs prochaines étapes. Et moi, qu'est-ce que je fais ? Du surplace en attendant de mourir.

Cette fois, ça y était, je chialais. J'ai plongé la tête entre mes jambes et j'ai laissé mes larmes s'écraser par terre. Je pleurais pour Lucas qui n'avait pas eu le temps de fêter son onzième anniversaire, et pour moi aussi, parce que j'avais attrapé cette saleté de cancer et que je ne voulais plus retenir cette douleur sans fond qui m'écrasait le cœur. J'ai sangloté si fort que tout mon corps était secoué, c'était comme un tremblement de terre intérieur. Viviane ne m'a pas serré contre elle, comme l'aurait fait maman. Elle ne m'a pas dit que je ne devais pas avoir peur ni que tout allait s'arranger. Elle a posé sa main sur mon crâne lisse et l'a caressé un moment. Je sentais le bout de ses doigts glisser jusqu'à ma nuque, un va-et-vient léger, doux, tendre. Petit à petit, mes pleurs se sont calmés, j'avais l'impression que tous mes muscles avaient fondu comme de la neige au soleil. J'ai relevé la tête en reniflant. J'avais des larmes et de la morve plein la figure. Viviane a attrapé un Kleenex sur la table impeccable, et elle me l'a tendu. Pendant que je m'essuyais, elle a sorti un sachet de sa poche.

– J'ai le remède magique, a-t-elle dit d'un ton sérieux. J'avais fait des réserves.

J'ai reniflé une dernière fois en entendant un froissement de plastique. Elle a déposé un paquet de nounours en guimauve à nos pieds et on a pioché dedans.

– Arthur, je ne vais pas te dire que tu ne vas jamais mourir. On va tous mourir un jour, et tu as raison, personne ne peut savoir quand ça arrivera. Je comprends que tu aies peur. Si quelqu'un en a le droit, c'est bien toi. Je peux même t'avouer que j'ai peur moi aussi. Mais franchement, je trouve ça débile que tu t'enfermes ici en prétendant que tout est fichu.

Sa voix a enflé.

– Tant que tu parles, que tu respires, tu vis ! Tu dis que tu fais du surplace, mais c'est faux. Peut-être que tu n'avances pas sur le même chemin que les autres, peut-être que ton chemin à toi est tout pourri, mais tu avances. Alors, arrête tes conneries, et ressaisis-toi un peu !

Elle parlait droit devant elle, sans me regarder, ses bras enserrant ses jambes. J'ai avalé mon bonbon et le goût du chocolat s'est mélangé à la guimauve moelleuse. Mes papilles ne fonctionnaient peut-être plus très bien, mais c'était bon quand même. J'ai attrapé un nouveau nounours et l'ai fourré dans ma bouche. Le temps pour moi de digérer ce qu'elle venait de m'envoyer.

– Si papa nous voyait, il nous ordonnerait d'arrêter de manger ces cochonneries, j'ai fait.

– Ouaip. À tous les coups, c'est ce qu'il dirait. Mais… il faut bien profiter de la vie.

Un petit rire s'est échappé de mes lèvres et j'ai senti les larmes séchées me tirailler la peau des joues. On est restés ainsi un moment, côte à côte, le temps de réserver un sort au paquet de nounours. Quand on l'a eu entièrement vidé, je l'ai comprimé jusqu'à en faire une boule que j'ai tassée dans ma poche. Ma sœur a fini par bouger, elle a étiré ses jambes en grognant qu'elle était trop grande pour ce genre de trucs. Elle est sortie à quatre pattes et s'est relevée en grimaçant.

– Je te laisse ranger le bordel, a-t-elle dit.

Et puis, en se dirigeant vers sa chambre, elle a balancé, l'air de rien :

– Si tu meurs, je te tue.

Chapitre 22

VIVIANE

Le jour de la rentrée, j'ai retrouvé Lily-Rose dans la cour du lycée. Elle était vraiment jolie avec son chemisier rayé et sa minijupe qui dévoilait ses jambes bronzées. Moi, je m'étais contentée d'enfiler un tee-shirt propre. Quand je pense que l'an dernier, j'avais hésité entre trois tenues différentes ! Lorsqu'elle m'a vue, elle m'a sauté au cou et je m'en suis voulu de l'avoir ghostée comme je l'avais fait. Elle m'a demandé des nouvelles d'Arthur et je lui ai appris qu'il était hospitalisé pour une nouvelle période intensive de chimio.

– Mais il va bien ? a-t-elle insisté.

J'ai acquiescé en pensant qu'elle n'avait pas vraiment envie que je lui réponde. Depuis qu'Arthur a son cancer, j'ai remarqué que les gens se divisent en deux catégories : il y a ceux qui comme Lily, prennent des nouvelles tout en cherchant à être rassurés. Ils ne savent pas comment témoigner leur amitié, appellent tout le temps, mais sont aussi très mal à l'aise sur le sujet. Les autres, qu'on croyait être des amis, se contentent de vous envoyer un texto ou deux, puis très vite, c'est silence radio. Comme si au fil des mois, ils avaient oublié jusqu'à votre existence. Camille fait partie de ceux-là. Je suppose que dans les deux cas, c'est la peur qui les fait réagir ainsi. Encore un effet secondaire du cancer.

On s'est dirigées vers les panneaux installés dans la cour et on a consulté les listes affichées. Lily-Rose a bondi de joie en découvrant nos noms dans la même classe. En réalité, cela n'avait rien d'étonnant puisqu'on avait toutes les deux choisi les spécialités littérature et langues. J'ai eu un pincement au cœur en constatant que je n'avais aucun cours en commun avec Solal, il avait opté pour les maths et la physique. Je l'ai aperçu au loin, avec sa bande de potes intellos. Je lui ai adressé un petit salut de la main pendant que Lily-Rose me racontait ses vacances au Cap d'Agde. Elle s'était éclatée. Elle a ajouté qu'elle avait un truc à me dire, il faudrait qu'on se parle. Le ton de sa voix m'a fait tiquer, elle avait l'air gênée tout à coup.

– Qu'est-ce qu'il y a ? j'ai demandé, intriguée.

– Je... j'ai... a-t-elle bredouillé.

Solal s'est détaché de son groupe d'amis pour se diriger vers nous.

– J'ai vu Maxime pendant les vacances, a continué Lily.

– Ah oui ?

Je me suis aperçue que je n'avais pas pensé à lui une seule fois de tout l'été.

– On a beaucoup discuté, il est vraiment sympa tu sais.

En fait, je ne le connaissais pas réellement. L'année dernière, je l'avais admiré de loin, sans oser aller lui parler. Justement, il approchait. Lily s'est mordillé les lèvres en le regardant avancer et Solal a choisi ce moment pour nous rejoindre. Il m'a fait la bise, ça m'a paru étrange, de le revoir dans le contexte du lycée, il semblait plus sur la réserve, et moi aussi sans doute.

– Hello ! l'a salué Lily en me lançant un regard de connivence. C'est vrai que vous êtes *amis*, tous les deux.

Elle avait appuyé sur le mot « amis » comme si elle sous-entendait qu'on était plus que ça. Elle avait l'air soulagée à présent. Décidément, elle était zarbi. Solal a fait semblant de ne pas remarquer son insistance et Maxime est arrivé vers nous. Il m'a dit bonjour en faisant mine d'oublier que la dernière fois qu'il m'avait parlé, il m'avait traitée de malade. Ensuite, tout naturellement, il a embrassé Lily sur les lèvres et elle est devenue aussi rouge que moi j'étais blanche. Lily sortait avec Maxime ! Quelle idiote j'étais, c'est ce qu'elle essayait de me dire depuis cinq minutes et je n'avais rien capté !

– Viv... a commencé Lily, mais heureusement, la sonnerie l'a interrompue.

Encore stupéfaite par ma découverte, j'ai pressé le pas et on est montés en classe. Je me suis assise dans le rang du milieu, meilleure façon, selon moi, de passer inaperçue auprès des profs. Lily-Rose s'est mise à côté de moi et a tenté de me parler à nouveau. Moi, j'ai fixé la prof comme si j'étais fascinée par ce qu'elle racontait. Les mâchoires crispées, j'ai laissé le discours habituel me recouvrir à la manière d'une brume opaque. L'année de première était décisive, le bac en ligne de mire, le contrôle continu et bla-bla-bla. Je voyais certains élèves se tendre sur leur chaise, déjà sous pression, je ne ressentais rien de tout ça. Mon cerveau tournait à vide, j'étais en panne.

Après avoir terminé sa litanie, la prof a distribué les emplois du temps, et l'habituel questionnaire de rentrée, nom, adresse, téléphone, orientation envisagée, lectures, loisirs, etc. Lily a fait une autre tentative en me passant une demi-feuille déchirée sur laquelle elle avait griffonné : « Je voulais te le dire » puis, voyant que je n'écrivais rien en retour : « Ne me déteste pas. » J'ai posé les yeux sur les mots figés sur la page. Ils n'avaient aucun sens. La sonnerie a vrillé dans l'air immobile, tout le monde s'est levé un peu précipitamment, le portable déjà rallumé, un paquet de cigarettes dans la main pour certains.

– Tu viens ? m'a interpellée Lily-Rose.

J'ai enfin bougé, mécaniquement. J'ai ramassé la feuille sur la table pour la froisser avant de sortir. Besoin d'être seule.

Assise sur le couvercle rabattu des toilettes, j'ai pressé mes poings sur mes paupières. J'entendais, de très loin, les autres dehors, qui riaient, parlaient trop fort. Ils étaient probablement en train de pianoter sur leurs téléphones, comme si de toute leur vie, rien de mauvais ne pourrait jamais leur arriver. L'odeur d'eau de Javel m'a piqué les narines. Sur le mur, un message obscène gravé au compas côtoyait une déclaration d'amour de Lola à Nathan. Est-ce que je devenais cinglée ? J'avais la sensation de nager dans un couloir parallèle, séparée par une ligne invisible du grand bassin dans lequel évoluaient les gens normaux.

Bruits de chasses d'eau, quelqu'un qui se lavait les mains, les sons me parvenaient un peu assourdis à travers la cloison. La sonnerie signalant la reprise des cours a retenti, je devais me lever, ouvrir la porte, replonger au milieu des autres. Je n'ai pas bougé. Le silence est retombé dans mon petit espace. J'étais définitivement seule. Non, claquement de la porte battante à l'entrée des toilettes me signalant l'arrivée d'une personne. Celle-ci n'a pas pénétré dans une cabine, pas ouvert de robinet non plus. Une surveillante ? L'inconnue s'est raclé la gorge.

– Viviane ?

C'était Solal. Qu'est-ce qu'il foutait là ? J'ai ramassé mon sac dont la lanière traînait par terre, peut-être qu'il ne l'avait pas vue de l'extérieur.

– Viviane, je sais que tu es là.

– Tu es dans les toilettes pour femmes, j'ai grogné.

– Ah bon ? Merde.

– Ça devient une habitude.

Il a attendu avant de demander d'un ton prudent :

– Tu comptes sortir bientôt ?

– Non.

Je venais de le décider. Je ne quitterais pas cet endroit, je resterais dans ces chiottes pour toujours, planquée et à l'abri du monde.

Une fille est entrée et a poussé un cri avant de faire aussitôt demi-tour.

– Tu sais quoi ? Ce Maxime n'imagine pas ce qu'il rate. Il ne vaut pas la peine que tu te mettes dans cet état pour lui.

Ainsi, il croyait que je m'étais réfugiée ici parce que j'éprouvais des sentiments pour ce garçon ?

– Je m'en fiche complètement, de ce mec ! j'ai objecté faiblement.

– Ah oui ?

Solal ne paraissait pas convaincu.

– Alors, sors de là, ça schlingue un peu quand même.

– Va-t'en, ai-je ordonné plus fermement.

J'ai entendu les pas de Solal s'éloigner, trois chuintements de semelles sur le carrelage, et puis il est revenu vers moi, a glissé son poing sous la porte de la cabine. Il tenait entre le pouce et l'index des serviettes en papier, de celles qu'on utilise pour s'essuyer les mains.

– Allez, m'a-t-il pressée, prends-les.

J'ai écarquillé les yeux.

– C'est quoi ça ? Un drapeau blanc ?

Il a ri.

– Mais non, c'est pour que tu t'essuies le visage. Ensuite, tu pourras sortir.

J'ai bondi sur mes pieds, vexée. Pour qui il me prenait ?

– Je ne pleure pas ! ai-je lancé en tournant le loquet de la serrure.

J'ai ouvert et, le menton levé, lui ai envoyé un regard Taser.

– Je suis pas une chialeuse.

– OK, tu ne pleurais pas, a-t-il admis. Mais... (il a agité les serviettes en signe de paix) tu parais en colère.

Le pétillement dans ses yeux et le comique de la situation (lui et moi dans les toilettes, *encore*) m'ont désarmée. J'ai ri à mon tour.

– T'as raison, je suis énervée. Grave énervée.

Je me suis appuyée contre les lavabos.

– Mais Maxime, je m'en fous.

C'était vrai. J'en étais la première étonnée. Le garçon sur lequel j'avais fantasmé pendant des mois ne me faisait plus aucun effet. Bien sûr, découvrir que ma meilleure amie sortait avec lui ne me faisait pas plaisir, et encore moins qu'elle me l'ait caché. J'avais été surprise, je m'étais sans doute sentie trahie, mais cela n'avait duré qu'une minute. En réalité, je n'étais pas jalouse de Lily, ni même déçue de savoir que Maxime la préférait à moi. Ce matin, comme tous les matins depuis qu'Arthur s'était confié à moi, j'éprouvais de la colère.

Lucas est mort. Je suis prêt à mourir, moi aussi.

Les paroles qu'il avait dites quelques semaines auparavant, dans notre forteresse de coussins et de couverture, tournaient en boucle dans mon esprit.

Je suis prêt à mourir. Je suis prêt à mourir.

Peut-on vivre normalement quand on a entendu son petit frère prononcer de tels mots ? Est-ce que le lycée, le bac, les amies qui ont un petit copain ont la moindre importance après ça ?

– J'ai les nerfs parce qu'Arthur ne va pas bien en ce moment. Pas bien du tout, ai-je essayé de clarifier pour Solal.

Ses yeux se sont écarquillés d'effroi.

– Ses examens sont mauvais ?

– Non !

À la seule idée que ce soit le cas, mon estomac s'est tordu.

– Non, il va bien... enfin, il va le mieux possible étant donné les circonstances. C'est juste qu'il part complètement en vrille. Il est déprimé, l'un des enfants avec qui il s'était lié à Trousseau est mort et...

Ma voix s'est éteinte. J'aurais pu en parler avant à Solal, lors de nos rencontres à la piscine. Je n'en avais pas eu le courage. Cela aurait rendu les choses plus réelles, plus dangereuses aussi. Solal a pris un temps pour répondre, comme pour ranger l'information dans sa tête, avant de déclarer :

– Ma mère aussi a eu un gros passage à vide pendant son traitement. Ça arrive souvent, je pense.

– Et qu'est-ce que tu as fait ?

– J'ai été là pour elle.

– Moi, je suis une sœur horrible. Avant sa leucémie, on se disputait sans arrêt, Arthur et moi. Il m'asticotait, je le rembarrais, et au final, on se prenait tout le temps la tête.

– Vous étiez comme un frère et une sœur, quoi.

– Je n'étais vraiment pas sympa, j'ai insisté.

– Ah oui ? Pourtant, tu es toujours si aimable !

Un rire franc a secoué Solal, dévoilant ses dents très blanches. Ses yeux ont pétillé derrière les verres de ses lunettes. Pour la première fois, j'ai pensé qu'il était mignon, si on aime le style premier de la classe, bien entendu.

– Je me rappelle ! s'est-il exclamé. J'ai organisé une sortie au musée et ça lui a fait du bien. C'est quelque chose que ma mère adore faire, elle me traînait dans toutes les expositions possibles depuis que j'étais petit. Alors, comme elle ne quittait plus l'appartement depuis des semaines, je l'ai obligée à s'habiller et on est allés au musée voir une expo sur Banksy. C'était génial.

Je me suis mordu les lèvres dans une moue circonspecte.

– Je ne crois pas que ce genre d'activité plairait à Arthur.

– Il n'y a pas quelque chose qui pourrait l'aider à se sentir mieux ? a continué Solal. Je ne sais pas... un truc qui le forcerait à réagir ?

– Il adore la voltige, mais il refuse de retourner au club. Et de toute façon, il est hospitalisé, alors, je ne peux l'amener nulle part.

Au moment où je prononçais ces mots, une image a surgi, évidente et insensée.

– Bien sûr… il y a Zahir.

– Le cheval qui a repéré son cancer ?

Papa nous avait expliqué que le cheval de Merlin l'Enchanteur possédait le don de dépister la maladie chez les gens qu'il rencontrait. Ce don était si exceptionnel qu'il avait un agrément pour visiter des patients à l'hôpital, comme peuvent le faire certains chiens. L'histoire m'avait paru suffisamment incroyable pour que je la raconte à Solal.

– Tu penses qu'il pourrait venir voir ton frère ?

J'ai secoué la tête en réfléchissant. Je luttais contre cette idée ridicule qui germait dans mon cerveau.

– C'est du délire ! ai-je soufflé à mesure que l'hypothèse faisait son chemin.

Solal a agité les serviettes qu'il tenait toujours à la main :

– Ouais. C'est donc exactement ce qu'il lui faut.

Chapitre 23

ARTHUR

La période de chimio intensive est presque terminée. J'ai l'impression d'être là depuis des années. C'est bête, mais j'étais presque content de revenir. Ici, je n'ai plus à entendre Viviane me demander de bouger du canapé, ni à refuser de sortir avec Théo, ni à répéter à Mathilde que non, je ne viendrai plus au club. Dans le service, rien n'a changé depuis mon premier séjour : le docteur Takahashi et ses yeux noirs remplis de sagesse ; Tarik avec ses chansons démodées et ses baskets XXL ; les aides-soignantes aux petits soins pour moi. Ici la maladie, c'est un peu la normalité. Donc ça pourrait être rassurant, de les retrouver tous.

Sauf que Lucas n'est plus là.

Apprendre sa mort par téléphone était une chose. Revenir et me retrouver seul en est une autre. Évidemment, je ne suis pas tout à fait seul. Il y a toujours quelqu'un pour entrer dans ma chambre, et puis j'ai « école » maintenant. Quelques heures par jour pour suivre le programme de sixième. Comme si j'avais l'intention d'aller au collège avec ma boule à zéro et ma dégaine d'extraterrestre ! Depuis qu'ils ont changé le cocktail de médicaments, j'ai pas mal dégonflé, mais quand même, je fais peur au miroir.

Quand je leur ai posé des questions, les adultes m'ont tous dit la même chose. Le docteur Takahashi m'a affirmé que la leucémie de Lucas n'avait aucun rapport avec la mienne. Maman s'est contentée de répéter comme un perroquet les paroles des soignants. (J'ai compris qu'elle était au courant depuis longtemps, parce que les parents de Lucas lui avaient téléphoné. Cela expliquait pourquoi elle était tellement montée en pression à la maison.) Tarik, lui, a insisté sur ce que signifiait ma rémission.

N'empêche. Ils peuvent bien raconter ce qu'ils veulent, moi, je sais qu'on n'est pas au pays des licornes. La vie est pleine d'obstacles imprévus, on peut marcher sur une mine à n'importe quel moment. Peut-être que demain, des cellules cancéreuses reviendront bombarder mon sang. Peut-être que je mourrai d'une stupide infection parce que mon système immunitaire ne sera pas à la hauteur. Qu'est-ce que j'en sais ? Qu'est-ce qu'ils en savent tous ?

Ce matin, j'ai dû supporter trois heures de cours. Des maths et du français. J'ai trouvé ça hyper facile, je suis sûr qu'ils simplifient les choses pour que j'aie l'impression de garder le niveau. J'étais un bon élève l'année passée, avant que ma vie explose en mille morceaux.

– Ça fait vraiment partie du programme ? j'ai demandé à la prof d'un ton soupçonneux.

Ces dernières semaines, on avait lu des extraits des *Métamorphoses* d'Ovide, je devais dessiner un monstre terrifiant avant de rédiger un texte. Mme Charbonneau, une femme un peu forte toujours souriante, n'a pas été étonnée par ma question.

– Bien sûr, a-t-elle dit joyeusement, regarde ton manuel. C'est celui qui est utilisé dans ta classe au collège.

La pensée qu'en ce moment, Théo et Mathilde travaillaient sur les mêmes sujets que moi m'a pincé le ventre. J'avais pourtant l'impression qu'ils vivaient à des années-lumière, sur une autre planète. Peut-être que j'étais *vraiment* devenu un extraterrestre ?

J'ai feuilleté le livre et c'est là que je l'ai aperçu. Le titre de la séquence 1 du manuel de français : « Le monstre, aux limites de l'humain ». Des illustrations représentaient des héros courageux en train de combattre des créatures hybrides : Persée contre Méduse, Hercule tranchant les têtes de l'Hydre, Thésée tuant le Minotaure. Je comprenais bien que les monstres de ces histoires permettaient aux héros d'accomplir des exploits, ils représentaient les peurs qu'on doit affronter pour grandir. Une question m'a frappé tout à coup. Comment combattre un monstre quand il est à l'intérieur de vous ?

– Tu sembles bien songeur, a constaté Mme Charbonneau. Tu es en panne d'inspiration ?

Simon, l'autre élève de l'« école », s'est penché vers mon manuel pour zyeuter ce que je lisais. Simon est arrivé la semaine dernière. Il a à peine neuf ans et une leucémie de stade 2. Le premier jour, il a essayé d'engager la conversation. Tarik m'a appris qu'il commençait sa phase intensive de chimio. C'est tout nouveau pour lui. Il n'a pas encore perdu tous ses cheveux et passe beaucoup de temps seul dans son lit parce que ses parents ne peuvent pas dormir près de l'hôpital. Ils habitent très loin et je suppose que c'est compliqué. Peu importe, je lui ai à peine adressé la parole. Je n'ai pas l'intention de le trouver sympa ni de risquer qu'on devienne copains. Je ne me ferai pas avoir deux fois.

J'ai caché ma feuille avec mon bras, et à l'abri de son regard, j'ai commencé à dessiner. Mon monstre aurait des aiguilles à la place des doigts, des tuyaux sortiraient de son corps difforme. Sur sa tête, aucun poil, pas de sourcils, pas de cheveux, il serait aussi chauve qu'un zombie alien en overdose de chimio.

En regagnant ma chambre, j'ai trouvé que les gens se comportaient bizarrement autour de moi. J'avais l'affreuse sensation que tout le monde me regardait avec insistance.

J'ai croisé le docteur Takahashi et elle a eu une expression mystérieuse, un minuscule sourire accroché au coin des lèvres. L'air grésillait d'une espèce d'électricité.

Eh mec, aurait dit Théo, *tu te fais encore des films.*

Au déjeuner (un ignoble hachis de pomme de terre à la viande suivi d'une compote tiède), je n'ai rien pu avaler à cause des aphtes dans ma bouche. J'en avais déjà eu plein lors de mon autre séjour, mais là, c'était l'invasion. Maman est allée me chercher des glaçons (le remède le plus efficace pour apaiser la douleur) et c'est en suçotant le troisième que je me suis roulé en boule pour dormir. J'étais super fatigué et c'est sûrement pour ça que j'ai fait ce rêve bizarroïde.

Hercule, le demi-dieu mythologique, affrontait le monstre de mon dessin. Celui-ci était exactement comme je l'avais représenté, à part qu'il était en 3D. Les fils rouge sang des tuyaux de perfusion ondulaient sur son corps tels des tentacules. À chaque fois qu'Hercule en coupait un, deux autres repoussaient. La créature essayait de piquer le héros avec ses aiguilles empoisonnées. Heureusement, Hercule était recouvert de sa peau de lion indestructible. Il ne paraissait pas avoir peur, il ne se fatiguait jamais, il se contentait de trancher les fils sans se décourager. J'avais envie de lui hurler que c'était perdu d'avance, qu'il serait bientôt submergé par le nombre de tentacules quand tout à coup, les fils entaillés se sont enflammés les uns après les autres. Le héros a fini par sectionner chacun des bras du monstre qui s'est ratatiné sur le sol. Hercule a salué la foule, à la façon prétentieuse du type qui passe son temps à remporter des combats, et je me suis aperçu que le décor avait changé. Hercule se tenait dans une arène, j'ai reconnu l'endroit où on avait assisté au spectacle équestre. Les gens dans les gradins se sont levés pour applaudir, sauf moi, qui restais assis, les fesses clouées sur mon siège. Je sentais une brûlure intense dans ma bouche, qui m'empêchait de parler. Je me suis réveillé en sueur, la langue en feu et le cœur qui battait court. Maman s'est précipitée vers moi, « Ce n'est rien, juste un mauvais rêve », elle a dit en m'aidant à me redresser sur mon lit. Elle m'a donné à boire, puis m'a proposé d'un ton léger d'aller me chercher une glace à la fraise (le seul avantage de ce traitement tient en trois mots : sorbets à volonté).

À nouveau, j'ai eu cette sensation bizarre, comme si quelque chose clochait, sans que j'arrive à mettre le doigt dessus. Ma mère est revenue avec ma glace. Ses yeux fatigués pétillaient, ce qui n'était vraiment pas normal. J'ai plongé la petite cuillère dans le pot et soupiré de plaisir en sentant le froid crémeux sur ma langue.

– Qu'est-ce qu'il y a ? Tu n'es pas comme d'habitude, j'ai fait remarquer à ma mère en l'observant franchement.

Ce qui, en langage clair, pouvait se traduire par : « Tu n'as pas de plis sur le front ni ce perpétuel air de lapin pris dans les phares d'une voiture. » Sa figure est devenue caoutchouteuse, elle faisait de gros efforts pour ne pas sourire.

– Tout va bien, mon ange. Tout va très très bien ! m'a-t-elle affirmé d'une voix trop aiguë.

À ce moment-là, j'ai entendu la porte s'ouvrir. Du coin de l'œil, j'ai aperçu mon père et Viviane qui entraient dans la pièce. J'étais sidéré, qu'est-ce qu'ils faisaient là alors qu'on était en plein milieu de semaine ? Ils ne m'ont pas répondu.

Une minute plus tard, le visiteur suivant a franchi le seuil de ma chambre. J'ai failli faire une syncope.

Un cheval.
Se tenait.
Devant moi.

Chapitre 24

VIVIANE

En théorie, l'idée paraissait géniale. Complètement barrée, mais géniale. Je n'imaginais pas que ce serait si compliqué. Au départ, je n'en ai pas parlé à mes parents. Je voulais contacter le propriétaire de Zahir toute seule. J'avais préparé des arguments béton pour le convaincre de faire le déplacement : la dépression de mon petit frère, sa passion des chevaux et son amour de la voltige. Je n'envisageais pas que je puisse me heurter à un refus. S'il le fallait, j'étais même décidée à faire le voyage jusqu'en Camargue, où j'avais lu qu'il vivait. Un soir, après le dîner, je me suis donc assise par terre, le dos appuyé contre mon lit, et j'ai fixé le petit papier sur lequel j'avais noté ses coordonnées trouvées sur le Net. Évidemment, le dresseur de Zahir ne s'appelait pas Merlin, mais M. Benoît. En plus des spectacles équestres, il était membre d'une association qui pratiquait l'équithérapie. Son cheval et lui faisaient des visites dans des établissements médicalisés afin de créer un contact avec les malades. L'association s'appelait « Équi-libre ».

C'est un nom qui plairait à Arthur, ai-je pensé avant de me jeter à l'eau.

D'une main incertaine, j'ai composé le numéro et quatre sonneries se sont succédé à mon oreille. Il n'était pas là.

Tant mieux. Je vais laisser un message pour lui dérouler mon petit discours, il aura le temps de réfléchir et ensuite je le rappellerai.

À peine avais-je formulé cette pensée qu'on décrochait. Un peu fébrile, je me suis rapidement présentée :

– Bonjour, je m'appelle Viviane et mon frère qui fait de l'équitation depuis des années veut tout abandonner. Il pense qu'il n'a plus d'avenir. Ah oui, j'ai oublié de dire qu'il a une leucémie. Il ne va pas bien du tout... en fait non, le traitement fonctionne, mais il n'a pas le moral. Alors, comme j'ai entendu parler de votre association, je me suis dit... j'ai pensé...

La fin de ma phrase s'est perdue dans le tapis sous mes pieds. Je déballais tout dans le désordre, je bégayais, je m'y prenais comme un manche. Le silence qui a suivi ma tirade m'a paru durer une éternité. Le dresseur allait-il me raccrocher au nez ?

– Bonjour mademoiselle, a-t-il dit d'une voix très douce. Si nous reprenions depuis le début ?

Quand il a eut compris de quoi il retournait, M. Benoît m'a confirmé qu'en effet, Zahir était doté d'une hypersensibilité que nul n'expliquait. Il avait la capacité de détecter des tumeurs et il savait mieux que personne établir le contact avec les patients. Depuis six ans maintenant, il faisait des visites dans des hôpitaux ou des Ehpad. M. Benoît se souvenait très bien de la représentation à l'issue de laquelle il avait tenté de prévenir mon père.

– Sur le coup, il a refusé d'en parler à qui que ce soit, ai-je révélé.

– Il a eu peur, c'est normal.

– Mais quand Arthur a eu son premier malaise, il a alerté le médecin. On peut dire que c'est grâce à Zahir que le cancer a été diagnostiqué si tôt.

– Et maintenant, tu voudrais qu'il rende visite à ton frère.

– Et... vous seriez d'accord ?

M. Benoît m'a expliqué que les interventions de Zahir s'inscrivaient dans un cadre de recherches scientifiques précises. En plus, il fallait évaluer les frais à engager, demander des autorisations, établir un protocole sanitaire très strict.

– Ça veut dire que c'est impossible ?

La déception me coupait le souffle.

– Rien n'est impossible, a-t-il rectifié, mais... cela pourrait prendre des mois.

– On ne peut pas attendre autant ! C'est *maintenant* qu'Arthur a besoin d'être soutenu !

M. Benoît m'a proposé de contacter l'hôpital afin de présenter son action. De leur côté, mes parents devraient se rapprocher du directeur de Trousseau pour obtenir son aval. J'ai juré qu'il n'y aurait pas de problème avant de raccrocher. Il était évident qu'il serait impossible d'organiser cet événement sans aide et le découragement m'a envahie.

Mes parents avaient passé l'été à se disputer et depuis que ma mère était retournée à Paris, c'était ambiance pôle Nord entre eux. Quand ils se voyaient le week-end, ils n'avaient même pas l'air d'être contents. J'en étais venue à me demander s'ils n'allaient pas divorcer. J'ai rongé mon index et inspiré très fort. Trop de pensées négatives à la fois. Je devais agir. J'étais une warrior ou pas ? Je suis allée dans le salon. Mon père était écroulé dans le canapé devant un film d'espionnage. Je me suis plantée entre la télé et lui.

– Papa, j'ai besoin de toi, ai-je lancé.

Et je lui ai tout expliqué.

Passé le choc de la surprise, il a réagi avec enthousiasme à ma proposition. Il m'a même étonnée. Alors qu'il avait jeté M. Benoît le soir du spectacle, c'est lui qui a convaincu maman du bien-fondé de mon idée ! Je ne sais pas ce qu'il a bien pu lui raconter, mais le résultat était là : elle était d'accord et nous aiderait à concrétiser ce projet.

À partir de ce moment, une étrange période a commencé pour nous. Pendant des semaines, on s'est démenés comme des dingues pour obtenir les autorisations. Ça n'a pas été simple.

Coups de fil interminables, discussions animées, formalités à n'en plus finir, remplir les paperasses, faire tamponner, signer. On n'était pas trop de trois. M. Benoît nous a bien épaulés et au bout d'un mois, l'association Équi-libre a validé la visite de Zahir, elle prendrait les frais de déplacement en charge.

On était arrivés au bout de cette course folle. Aujourd'hui était le grand jour.

Postée devant la porte ouverte de la chambre d'Arthur, j'ai attendu avec mon père de voir si Zahir viendrait vers nous. Le dresseur avait été très clair à ce propos.

– Zahir est un animal très particulier. À chaque visite, il choisit avec quelle personne il interagit. Je ne lui impose rien, je ne le dirige pas, c'est lui qui commande.

J'avais eu un peu de mal à accepter cette règle du jeu. J'étais morte d'angoisse à l'idée de m'être battue pour que le cheval vienne, et qu'au final, il ne s'approche pas de mon frère. Lorsque le moment tant attendu est arrivé, j'avais grignoté le peu d'ongles qui me restaient.

Zahir est sorti de l'ascenseur, M. Benoît à ses côtés. Une longue préparation avait précédé son entrée dans l'établissement de santé. Dans la « chambre blanche » aménagée dans un camion, le cheval avait été recouvert d'une lotion antiseptique et ses sabots graissés. À présent, il déambulait dans l'hôpital, c'était surréaliste ! Les membres du personnel, bien sûr avertis de cette visite inhabituelle, étaient en effervescence, tous aussi impressionnés que je pouvais l'être. Les sabots de Zahir, à peine amortis par le revêtement du sol, résonnaient dans les couloirs tandis que des murmures d'admiration et de surprise rebondissaient contre les parois colorées du service d'oncohématologie pédiatrique. Les petits patients sortaient de leur chambre, sur leurs deux jambes ou dans un fauteuil roulant poussé par leurs parents. Zahir avançait d'un pas tranquille, royal, élégant ; d'une beauté sauvage malgré ses crins tressés et sa couverture aux couleurs de l'association. Lentement, il a fait un aller-retour dans le couloir, puis un deuxième. M. Benoît nous avait expliqué que la manière dont il choisissait les patients était assez mystérieuse. L'étude menée à partir de ses visites avait révélé qu'il percevait la fragilité physique et psychologique de certains malades et éprouvait le besoin de les réconforter.

Zahir a fait un nouveau demi-tour.

Incapable d'attendre plus longtemps, je suis entrée dans la chambre pour faire sortir Arthur. Quand il nous a vus, sa bouche s'est arrondie de surprise.

– Papa ! Viv ! Qu'est-ce que vous faites là ?

Depuis l'extérieur nous parvenaient des murmures excités, des rires, le bruit des sabots. Puis plus rien. Le silence.

– Qu'est-ce qui se passe ? Vous êtes trop bizarres !

Arthur n'a pas eu le temps de s'étonner davantage. Il s'est tu. Sonné.

Zahir venait de passer la tête dans l'encadrement de la porte. De lui-même, il avait choisi la chambre de mon frère parmi toutes les autres. Puis, comme si c'était la chose la plus naturelle du monde, il s'est immobilisé à côté du lit, s'est approché d'Arthur et lui a frôlé l'épaule du bout des lèvres. M. Benoît a laissé tomber le licol et s'est mis en retrait dans un coin de la pièce.

– On dirait qu'il le reconnaît ! ai-je lâché, stupéfaite.

Sans m'en rendre compte, j'avais murmuré. Si je parlais plus fort, je risquais de rompre la magie de l'instant.

– C'est tout à fait ça, a confirmé le dresseur. Il est fréquent que Zahir se dirige vers les mêmes personnes, lors de ses visites. Il se souvient probablement de lui.

– Tu es beau, disait Arthur.

Il a caressé le chanfrein du cheval qui a fermé les yeux de plaisir. Celui-ci a alors frotté sa bouche contre la joue de mon frère et s'est mis à le lécher.

– Zahir est en train de montrer à Arthur qu'il sait où il a mal. Il lui témoigne de la compassion en quelque sorte.

Abasourdie, je me suis souvenue qu'Arthur souffrait d'une mucite, des ulcères dans la bouche consécutifs à son traitement de chimio ; d'ailleurs, il avait des aphtes jusque sur les lèvres. Arthur s'est redressé pour s'asseoir au bord du lit, avant d'appuyer son front contre celui de l'étalon. Il a fermé les yeux et durant une minute, ils sont restés tous les deux ainsi, immobiles. Pas un bruit dans la pièce. Quelque chose d'intangible se déplaçait entre eux, aussi insaisissable que l'air, mais aussi réel que le contact de leur tête l'une contre l'autre.

Le silence a coulé, chargé de douceur, de douleur partagée, d'amour aussi et d'un tas d'autres choses mélangées. Lentement, le cheval s'est détaché, rompant leur intimité. Il a reculé un peu et a courbé la tête en étirant ses postérieurs vers le sol. Il était en train d'adresser un salut à Arthur !

– Bonjour à toi aussi, a dit mon frère.

Zahir s'est encore incliné, avant de se relever. En secouant la tête, il a gratté le sol de son sabot droit.

– Qu'est-ce que tu veux me dire ? a souri Arthur.

Zahir a commencé à faire marche arrière en se dirigeant vers la porte.

– Je crois qu'il te demande de le suivre, a interprété son propriétaire.

– Je ne sais pas si... est intervenue maman.

Arthur ne l'a pas laissée finir.

– J'arrive ! s'est-il écrié, et il enfilait déjà un pull par-dessus son pyjama. Les lèvres de maman se sont pincées et elle a fait un effort visible pour se taire. En lui voyant cette expression à la fois inquiète et pleine d'attente, un souvenir m'est revenu comme une vague. Pendant l'été, je m'étais levée une nuit pour aller boire un verre d'eau. Je n'avais pas pris la peine d'allumer la lumière. J'avançais à tâtons dans le couloir quand j'avais aperçu ma mère qui se tenait devant la porte d'Arthur. La lune donnait à sa peau un teint livide, creusait ses joues d'ombres maladives. Elle ne bougeait pas, elle restait là, à regarder mon frère dormir avec la même intensité sur le visage qu'en cet instant.

Arthur est sorti de la chambre, son épaule contre celle de Zahir. Un « oooh » collectif s'est élevé à l'extérieur. L'étalon semblait si grand, et mon frère si petit. Ils ont traversé le couloir, des mains ont frôlé la robe baie du pur-sang. Un garçon un peu plus jeune qu'Arthur lui a adressé un signe, pouce levé, et mon frère lui a répondu de la même façon.

– Tu as envie de le monter ?

M. Benoît venait de faire cette proposition, comme si c'était une chose normale, de faire du cheval en pyjama dans un couloir d'hôpital. Arthur a posé sur lui un regard qui disait : « J'ai le droit ? » Ma mère, qui suivait, s'est interposée.

– Je ne sais pas si c'est raisonnable. C'est déjà beaucoup d'émotions pour Arthur et...

Papa a posé une main sur son bras. Les yeux brillants, maman a regardé fixement devant elle, puis d'un mouvement de tête, elle a donné son accord. Une des infirmières est allée chercher le matériel apporté par M. Benoît et l'a tendu à mon frère. D'une main un peu tremblante, il a positionné la bombe sur sa tête avant d'attacher la sangle. Le dresseur a harnaché Zahir et placé un marchepied par terre. Arthur est monté dessus, a mis le pied dans l'étrier et, aidé de M. Benoît, s'est hissé jusqu'en haut pour enfourcher la selle.

Alors que mon frère avançait, droit et fier sur sa monture, je me suis rendu compte que je n'avais pas vu cette assurance sur son visage depuis... depuis que tout avait commencé. J'ai vu que maman avait recouvert la main de mon père avec la sienne et la pressait très fort. Les adultes et les enfants formaient comme une haie d'honneur le long de laquelle le cheval et son cavalier ont déambulé pendant de longues minutes. Les regards s'échangeaient, pudiques, émerveillés, et le rire d'Arthur cascadait derrière lui, tout en arpèges. Alors, j'ai laissé les émotions me traverser. La colère qui m'habitait depuis des mois s'est estompée et des larmes ont glissé le long de mon nez. Je n'ai pas fait de bruit, pas eu un sanglot, il y avait juste cette eau qui coulait, coulait à n'en plus finir en m'inondant le cou.

Le cheval s'est arrêté et Arthur a mis pied à terre.

– Il est temps de laisser partir Zahir, a soufflé papa d'une voix assourdie par l'émotion.

– Ce n'est qu'un au revoir, a affirmé maman, pas vraiment plus vaillante.

Les cils de mon frère ont frémi sur ses joues, et il a hoché la tête sans répondre. D'un geste tendre, il a frôlé les naseaux de l'étalon, là où la peau est si douce. Zahir a poussé sur sa paume, réclamant la caresse.

– On se reverra, a affirmé Arthur.

Un sourire s'est dessiné sur son visage, un sourire qui prenait toute la place, creusait sa fossette et lui plissait le nez.

Plus tard, dans mon lit, je me suis tournée et retournée, incapable de trouver le sommeil. Cette journée avait été trop intense, ses images revenaient vers moi comme les rouleaux de l'océan. Submergée, j'ai repensé à ce que mon frère avait dit au cheval avant de le quitter.

On se reverra.

Sous les mots de mon frère, j'avais entendu une promesse. La promesse d'un plus tard, d'un demain qui ne semblait plus si incertain ni effrayant.

Chapitre 25
VIVIANE

Tout à l'heure, j'ai envoyé un mail à M. Benoît pour le remercier de sa venue. Sa réponse m'a pas mal remuée. Il m'a appris que le nom Zahir signifie « aide, protecteur ». C'est comme si, depuis le début, le destin de ce cheval était tout tracé.

– Vous croyez que c'est un hasard, qu'il ait croisé la route de mon frère juste quand il en avait besoin ?

– J'ignore quelle est la part du hasard, de la chance ou du destin, a dit M. Benoît. Ce que je sais, en revanche, c'est qu'en choisissant une personne, Zahir partage avec elle quelque chose qu'on ne peut pas expliquer. De la bienveillance sans doute, ou une vraie compassion qui montre à l'autre qu'il est enfin compris.

Il a raison. Zahir a simplement été là où il devait être, au bon moment. Sa venue a complètement changé la donne, et pas seulement pour Arthur. Avant, j'étais si en colère à cause de sa leucémie. Je ne comprenais pas pourquoi ce foutu cancer l'avait touché *lui*, et pas quelqu'un d'autre. J'en voulais à la terre entière de continuer à tourner pendant que mon frère était atteint d'une maladie mortelle, pendant que ma famille se disloquait sans que je puisse rien y faire.

J'avais faux sur toute la ligne.

Le moment qu'on a partagé avec Zahir m'a permis de saisir pas mal de choses. J'ai compris que j'avais laissé ma colère prendre les rênes.

C'est pour cette raison que j'ai bousillé mon amitié avec Lily. Pendant les deux premières semaines de septembre, après que j'ai découvert que ma meilleure amie sortait avec l'ex-mec de mes rêves, elle a fait plusieurs tentatives pour en parler avec moi. À chaque fois, je lui ai répété que je me fichais pas mal de son histoire avec Maxime. Dans le même temps, de manière totalement contradictoire, j'ai continué à garder mes distances avec elle. Envie de la faire culpabiliser. Puisque je me sentais mal, pourquoi elle ne souffrirait pas, elle aussi ?

Au bout de quelques jours, elle a craqué. Nous étions en cours de maths, assises l'une à côté de l'autre puisque le prof avait exigé que l'on conserve les mêmes places que le premier jour. J'ai salué Lily, et je suis entrée en faisant mine de ne pas entendre ce qu'elle me racontait. Elle portait un slim taille basse sous un haut blanc décolleté en V, et un collier avec une pierre turquoise. Elle était franchement mignonne. Ses longs cheveux blonds coiffés de tresses inversées lui faisaient une couronne sur la tête. Avec mon vieux jean et ma tignasse peignée à la hâte, je me sentais minable. Le cours avait commencé depuis un quart d'heure et j'étais en train de me débattre avec les calculs de dérivées, quand tout à coup, une feuille de classeur a atterri sur mon cahier.

POURQUOI TU FAIS LA GUEULE ?

J'ai d'abord repoussé le message en soupirant ostensiblement. Lily-Rose a saisi la feuille et l'a recollée d'office sur mon exercice. J'ai soupiré plus fort et, sans que je m'y attende, elle m'a flanqué un violent coup de pied dans la cheville.

Aie ! Elle m'avait fait mal !

– Non mais ça va pas ? ai-je chuchoté, furieuse.

– Au moins, tu réagis, a-t-elle rétorqué sur le même ton.

Le prof, un vieux bonhomme pas loin de la retraite à qui on ne la faisait pas, a immédiatement perçu notre agitation.

– Y a-t-il quelque chose que vous désiriez partager avec nous, mesdemoiselles ?

Nous avons répondu dans un bel ensemble.

– Non, monsieur.

Pendant quelques minutes, un silence laborieux a empli la salle, et puis Lily-Rose est revenue à la charge. De la pointe de son stylo, elle a tapoté la question en majuscules, question qui attendait une réponse. Cette fois, je ne me suis pas défilée. J'ai gribouillé sur la feuille :

Moi : Je ne fais absolument pas la gueule.
Elle : OK, tout est normal. Alors... pourquoi tu ne me calcules plus ?
Moi : Tu délires.
Elle : Tu me snobes, on ne fait plus rien ensemble donc je ne délire pas !
Moi : On n'est plus ensemble parce que tu es tout le temps avec Maxime.
Elle : Wow !

Ma réponse visait à lui faire mal. Délibérément. Au moment où j'ai écrit ces mots, j'ai mesuré à quel point ils étaient ridicules. J'aurais voulu les rayer de la feuille. C'était trop tard. Lily-Rose a paru désarçonnée et ses doigts ont caressé la pierre turquoise de son pendentif. J'ai deviné que c'était un cadeau de Maxime et c'est moi qui ai eu mal. Pas à cause de ce garçon (est-ce que j'avais seulement été amoureuse de lui ?). J'ai eu mal à cause de ce que j'étais en train de faire subir à mon amie. Ma colère était une pieuvre aux multiples tentacules, ils s'abattaient sur tout ce qui se trouvait sur mon chemin et je n'arrivais pas à l'en empêcher. J'ai crispé la main sur mon stylo et poursuivi notre petite conversation :

Moi : Désolée. Je suis heureuse pour toi.

J'avais souligné deux fois le mot « heureuse ». Aucune réponse.

Moi : Sincèrement.

La sonnerie a retenti et on a sursauté en même temps. Nous n'avions pas vu le cours défiler. Pendant que nous rangions nos affaires, Lily a marmonné à mon intention :

– Tu n'as pas l'air très heureuse pour moi... ni en général d'ailleurs.

– Tu sais pourquoi.

Son visage s'est chiffonné et elle a ouvert la bouche avant de la refermer. Qu'est-ce qu'elle se retenait de me dire ? Je voulais savoir.

– Quoi, tu trouves que je ne suis pas assez heureuse ? J'ai des raisons de l'être, peut-être !

– Tu t'énerves encore, a-t-elle constaté d'un ton sec.

Les narines frémissantes, je l'ai défiée du regard.

– Je devrais être heureuse, m'amuser, sortir, m'éclater, c'est ça ?

– Et pourquoi pas ? Ton frère a un cancer, merci, tout le monde est au courant. Mais *toi*, en quoi ça t'empêche de vivre ta vie ?

Elle était hors d'elle à présent, je ne l'avais jamais vue dans cet état. Elle m'a regardée un moment avec gravité. Sa voix était sourde quand elle a parlé enfin.

– J'ai essayé d'être là pour toi. J'ai peut-être été maladroite, je n'ai pas su trouver les bons mots, mais j'ai vraiment essayé. Maintenant, j'en ai marre. Je ne supporte plus que tu me rejettes alors que je ne t'ai rien fait.

Elle a tourné les talons et je l'ai regardée foncer hors de la classe. Le prof avait quitté la salle, nous laissant à notre petite discussion. Je me retrouvais seule.

Depuis cette dispute, on ne s'est plus adressé la parole. Un mois de silence et de regards détournés. J'étais furieuse. C'était quoi son problème ? Elle m'en voulait de ne pas avoir été au premier plan pendant quelques mois ? Avec le recul, ce n'est plus aussi clair. L'épisode Zahir a tout remis en perspective. Il éclaire ses paroles d'une autre lumière, j'entends ce qu'elle a essayé de me dire et que je n'ai pas voulu écouter.

Elle m'a accusée de l'avoir rayée de ma vie, de m'être délibérément mise en retrait. Elle avait raison. J'avais eu peur d'être égoïste. Et si j'avais tort depuis le début ? Le moment de bonheur qu'on a vécu avec Zahir ne prouve-t-il pas qu'on a le droit d'être heureux ?

Pour démêler le sac de nœuds dans ma tête, je suis allée faire quelques longueurs. Une heure et demie plus tard, je suis sortie du vestiaire, les membres lourds et l'esprit apaisé. Je me suis postée dans l'entrée pour attendre Solal, je l'avais aperçu dans le couloir réservé au cours de natation sportive. Il avait repris l'entraînement un peu après la rentrée et je le voyais beaucoup moins qu'avant. Entre le travail intense qui s'accumulait cette année, nos horaires différents et mes week-ends à Paris, c'était plutôt compliqué. Je déjeunais avec lui les lundis et vendredis, seuls jours où nos emplois du temps le permettaient. Certains soirs, on se croisait à la piscine. Même si j'évitais soigneusement les filles de mon ancienne équipe, je venais ici deux fois par semaine. Nager m'avait trop manqué l'année dernière.

Les cheveux humides de Solal bouclaient sur sa nuque, il avait dû se dépêcher pour me rejoindre.

– Alors, comment s'est passée « l'opération remise en selle » ?

C'est comme ça qu'on avait surnommé la visite surprise de Zahir à l'hôpital.

– C'était… génial ! ai-je soufflé en sentant un sourire étirer mes lèvres. Il faut que je te raconte.

J'ai compris que c'était vrai. Je brûlais de partager avec lui la journée de la veille. Après tout, s'il ne m'y avait pas poussée, je n'aurais jamais osé entreprendre les démarches pour contacter M. Benoît.

– Si tu veux, on peut aller chez moi, ai-je proposé.

Il a marqué une légère hésitation, un mouvement infime de paupières qui ne m'a pas échappé. Est-ce que ça le mettait mal à l'aise, de venir à la maison ? Je ne l'avais jamais invité avant. Curieusement, la nuit qu'on avait passée chez lui avait été la seule où l'un de nous avait pénétré l'intimité de l'autre. Je me suis mangé les lèvres, j'aurais voulu ravaler ma question, c'était trop tard. J'ai tenté de rectifier le tir :

– Si tu n'as pas le temps, c'est pas grave.

Il a secoué la tête.

– Non, ce n'est pas le problème. Attends deux secondes, je vérifie un truc, OK ?

Il s'est éloigné de quelques pas et a pianoté sur son écran. Je m'étais donc trompée. Il n'était pas embarrassé de venir chez moi, il avait prévu autre chose. À qui téléphonait-il ? J'ai senti un pincement dans le creux de l'estomac et commencé à mordiller l'ongle de mon pouce. Ça ne me regardait pas, qu'est-ce que j'en avais à cirer, de toute façon ?

Il me tournait toujours le dos. Je devinais à la tension dans ses épaules, à la main portée à son front, que la conversation était tendue. À l'idée que j'étais en train d'attendre qu'il se décide, à l'idée qu'il reportait un rendez-vous, peut-être, pour ne pas me laisser tomber parce que je lui faisais pitié, je me suis sentie idiote. C'était décidé, autant lui épargner de choisir, j'allais le planter là, m'enfuir, encore. Il a rangé son portable et m'a adressé un oui souriant.

– C'est bon, je peux venir.

– Tu es sûr ? Ne te sens pas obligé d'annuler quoi que ce soit pour moi, ai-je insisté, cinglante.

– Non, j'ai déjà rédigé mon devoir de physique, je le mettrai au propre ce soir, a-t-il répondu sans paraître remarquer mon agacement.

Tu es vraiment larguée, ma pauvre fille, ai-je pensé. Qu'est-ce qui me prenait ? Pourquoi est-ce que je m'échauffais les nerfs sans raison ?

Lorsque nous sommes arrivés, la maison était silencieuse, mon père ne rentrerait pas avant un moment. Solal a balayé le salon du regard et enfoncé les mains dans ses poches. Il semblait ailleurs, préoccupé. Regrettait-il d'être venu ? Je me suis dirigée vers la cuisine et j'ai farfouillé dans le frigo.

– Tu veux boire un truc ? Désolée, je n'ai pas de bière, ni de quoi préparer de Virgin Mojito.

J'avais lancé cette remarque d'un ton léger, histoire de combler le vide, elle n'a fait que ramener à la surface le souvenir de la nuit où j'avais fugué. J'ignore pourquoi, je me suis revue, suante et échevelée, en train de débarquer chez lui. Une gêne épaisse et lourde a engourdi mes gestes.

– Un Coca, ce sera très bien.

On s'est installés au comptoir et je nous ai servi les boissons. J'ai déniché dans le placard un paquet de palmiers, mes biscuits préférés. On a trinqué en levant nos verres de soda et pris chacun un gâteau. C'était étrange. Un silence s'est étiré entre nous, pas moyen de le rompre, encore une minute et je glisserais dans un trou de souris pour disparaître. Un trait de lumière barrait la pièce en deux, traversait le visage de Solal, faisant étinceler son œil plissé. Je n'avais pas remarqué ces nuances mordorées, avant. J'ai avalé mon Coca cul sec, coude levé, comme un shot de tequila. Solal a terminé le sien et, le menton calé dans sa paume, il m'a interrogée :

– Allez, raconte-moi en détail, je veux tout savoir.

Je suis sortie de ma torpeur. La gêne stupide éprouvée depuis que nous étions entrés s'est évaporée. Solal était mon ami, mon confident depuis des mois. Je mourais d'envie de lui décrire la journée extraordinaire que j'avais vécue avec ma famille. Alors, avec un sourire dans la voix, c'est ce que j'ai fait.

Chapitre 26

ARTHUR

– Est-ce que tu aurais accepté de voir Zahir si je te l'avais demandé avant ?

Pelotonné dans mon lit, à la maison, je songe à cette question que m'a posée Viviane juste après mon retour.

– Peut-être...

Au fond, je sais bien que c'est faux. Si elle m'avait demandé mon avis, j'aurais refusé tout net. J'aurais pensé : « J'abandonne la voltige, alors ils amènent un cheval jusqu'à moi ? N'importe quoi ! » Pourtant, ça a marché. J'ignore comment ma famille a réussi à organiser un truc aussi dément, mais elle l'a fait. Quand j'ai dit au revoir à Zahir, j'ai entouré son cou de mes bras pour me laisser aller contre lui. J'ai eu l'impression de toucher la terre ferme après une longue dégringolade. Je m'étais cassé la figure, j'étais resté KO un moment, je pouvais me relever.

Rien n'a changé, tout est différent.

Voilà pourquoi, en ce moment, je suis en train de travailler sur un devoir d'histoire. Plus question de sécher les cours en prétextant la fatigue ou une nausée insurmontable. Un nouveau rythme s'est installé depuis mon retour. Après ma journée-hôpital du lundi, j'ai droit à un temps de repos le lendemain. Le reste de la semaine, je bosse dur pour suivre le programme de sixième. Ma prof principale, Mme Lagrange, vient me faire cours deux heures le mercredi. Elle enseigne l'anglais, alors on fait surtout de l'oral, je ne trouve pas ça très compliqué. Elle m'apporte aussi les cours suivis par ma classe dans les autres disciplines. M. Loizeau, bénévole dans une association d'aide aux familles, prend le relais les jours restants. Je fais le point avec lui sur les difficultés rencontrées. La première fois qu'il est venu à la maison, je me suis inquiété de ne pas avoir le niveau. Il m'a rassuré :

– Je suis là pour établir la liaison entre l'équipe pédagogique et toi. Je t'expliquerai ce que tu ne comprends pas, et tu feras les mêmes évaluations que les autres. Tes notes compteront dans ta moyenne.

Ça me fait bizarre. Je vais recevoir mon bulletin à la fin du trimestre, moi qui n'ai jamais mis les pieds au collège.

– Si tout va bien, tu reprendras les cours au mois de janvier, a déclaré maman.

Papa a tout de suite rectifié :

– Il reprendra les cours.

Ma mère a esquissé un sourire, un vrai, pas raide ni coincé comme celui qu'elle avait ces derniers temps. Je suis bien placé pour savoir qu'elle est triste, et énervée, et fatiguée, à toujours s'inquiéter pour moi, mais je ne m'étais pas rendu compte à quel point elle avait mauvaise mine. Quand on voit ses cernes gris, les plis sur son front et toutes ces petites rides qui font comme des coups de canif au coin de ses yeux, on dirait qu'elle a vieilli de vingt ans. Papa lui a rappelé que jusqu'ici, je n'avais eu que de bons résultats. Inutile de se faire du souci pour ma prochaine rentrée parce que j'étais un excellent élève, il ne serait pas étonné que j'obtienne les félicitations.

Je sais que pour ma mère et mon père aussi, tout a changé après Zahir. Ils nous ont annoncé, à Viv et moi, qu'ils allaient participer à un groupe de parole de parents d'enfants malades.

– Je pensais être capable de gérer cette situation toute seule, avait commencé maman. Je… c'est difficile…

– C'est dur pour nous tous, avait continué papa. Il n'y a pas que toi qui as besoin d'aide, j'en ai besoin aussi.

Ils avaient échangé un regard complice, qui m'avait fait chaud au cœur. Je ne sais pas ce que les parents du groupe se racontent durant les séances où ils se retrouvent. À chaque fois que papa et maman en reviennent, ils ont l'air moins tristes. Peut-être que c'est comme mes discussions avec Lucas. On vide notre sac de problèmes et on se sent plus léger. En tout cas, je suis rassuré. Le soir, j'entends leurs voix dans le salon. Ils parlent tout bas, alors je tends l'oreille et ça fait comme une petite musique jusqu'à ce que je m'endorme.

À ce rythme-là, le temps passe vite. Trois semaines déjà depuis mon retour. Demain, c'est la Toussaint, je suis donc officiellement en vacances. À part un DM de maths et un bouquin à lire, je vais pouvoir me la couler douce, enfin, si on met de côté la chimio du lundi. Le cocktail de médicaments a un peu changé pour cette quatrième phase, et je ne me plains pas. Je n'ai plus d'aphtes dans la bouche, quasiment pas de migraines, il n'y a que les douleurs musculaires qui sont encore pénibles. Je roupille pas mal aussi, mais j'ai arrêté de passer mes journées au lit, à me lamenter sur mon sort. Quand j'ai la tentation de le faire, je regarde l'immense photo encadrée que mes parents m'ont offerte, où je pose à côté de Zahir. On dirait que je viens de décrocher Excalibur de son rocher.

– Tu aurais vu comme j'étais fier, dans ce couloir d'hôpital ! j'ai raconté à Bob en posant le cadre sur ma table de nuit.

Bob m'a adressé un clin d'œil, depuis la porte de ma chambre. Il m'a prévenu qu'il ne me laisserait pas oublier ce que j'avais ressenti ce jour-là.

Comme ce soir, c'est Halloween, Théo et Mathilde m'ont proposé de passer à la maison après leur tournée dans le quartier. Je ne me sentais pas de les accompagner, mais j'étais partant pour une soirée vidéo-pop-corn et ragots du collège. J'avais dormi une partie de l'après-midi, et quand ils sont arrivés, j'étais plutôt en forme. On avait prévu de revoir les derniers épisodes de la saison 1 de *Stranger Things*. Pour nous mettre dans l'ambiance, Viviane avait décoré le salon avec des chauves-souris et des toiles d'araignée bien kitch.

– Tu mates la série avec nous ?

Il y a un an, sûr qu'elle m'aurait envoyé balader. C'est différent maintenant. Je sais que faire venir Zahir était son idée. Depuis mon cancer, j'ai retrouvé la Viv qui fait des cabanes, et découvert celle qui livre bataille à mes côtés. J'avais vraiment envie qu'elle accepte. Elle m'a examiné de ses yeux bleu ardoise, avant de jeter, ironique :

– Pourquoi pas ? Quoi de mieux pour Halloween que de zoner avec un zombie ?

On était donc cinq ce soir-là. Mathilde, Viviane et Théo s'étaient entassés sur le canapé. Solal, un copain de Viviane déjà venu plusieurs fois à la maison, s'était installé par terre, sur des coussins. Moi, j'avais choisi le vieux fauteuil moelleux de maman. Une odeur de grillé a asticoté nos narines quand papa a apporté un immense saladier de pop-corn, il en avait préparé pour un régiment. Mathilde a déversé une montagne de bonbons et gâteaux sur la table, la collecte avait été bonne.

– On ne va pas manquer de munitions, a constaté Théo en piochant un crocodile gélatineux dans le tas.

– C'est exactement ce qu'il me fallait ! a dit Solal en se servant aussi.

On a grignoté des bonbecs et Mathilde a fait passer une bouteille de soda. Ensuite, Viviane a éteint la lumière et lancé les épisodes. L'intrigue est géniale. Une créature échappée d'un laboratoire attaque un garçon prénommé Will. Ses trois copains, aidés d'une fille qui possède des pouvoirs, découvrent qu'il est prisonnier dans une dimension parallèle, « le monde à l'envers ». À la fin, ils retrouvent Will dans le nid de la chose et parviennent à le sauver. Ce qu'ils ignorent, c'est qu'il a une limace coincée dans la gorge. Il est possédé par la créature.

J'ai repensé au monstre que j'avais dessiné à Trousseau. Will et moi, on avait pas mal de points communs. Comme lui, je m'étais senti coincé dans un monde parallèle, en dehors des autres qui ne pouvaient pas m'atteindre. Comme lui, j'avais eu le corps envahi par une chose et mes proches étaient venus à mon secours pour me sortir de là. À présent, j'étais en rémission. Est-ce qu'à ma prochaine saison, on allait découvrir que moi aussi, j'avais un morceau du monstre tapi quelque part à l'intérieur ?

Le générique de fin s'est arrêté, interrompant mes pensées.

– Cette série est mortelle ! a fait remarquer Théo.

Tout le monde était d'accord.

Personne n'avait rallumé la lumière. La télé, figée sur le dernier plan du générique, baignait la pièce d'une lueur bleue et l'atmosphère était particulière, à la fois chaleureuse et engourdie. Sans que j'aie le temps de les retenir, les mots sont sortis de ma bouche. J'ai expliqué que je voyais mon cancer comme un monstre à terrasser.

– Je trouve que c'est une métaphore assez juste, a admis Viv.

– Mais trop ! s'est exclamée Mathilde. Est-ce que vous avez remarqué qu'à chaque fois qu'on parle de la maladie, on dit qu'il faut la vaincre ?

– Les médecins la comparent même à une guerre, j'ai dit. Je me souviens que les parents de Lucas l'appelaient leur « petit soldat » tellement il avait mené de batailles.

À l'évocation de mon ami disparu, un silence est tombé. J'ai dégluti, avec la sensation que ce n'était pas de la salive que j'avalais, mais des petits cailloux.

– Il était courageux, j'ai murmuré, je ne l'ai jamais entendu se plaindre. Pourtant le monstre l'a tué, finalement.

Une vague de tristesse est née dans ma poitrine, a comprimé mes poumons, je ne pouvais plus ajouter un mot. Solal a alors pris la parole :

– Arthur, est-ce que ça te dirait de participer à « Odysséa » ? C'est une course destinée à récolter des fonds pour financer la recherche contre le cancer du sein.

Je savais par Viviane que sa mère avait été malade. Sa proposition m'a étonné.

– Ça ne concerne pas seulement les femmes ?

– On est tous concernés, hommes, femmes, enfants. Je connais même des établissements scolaires qui prennent part à l'événement. On n'est pas obligé de courir, on peut marcher aussi.

Dans le noir, sa voix a vibré, chargée de détermination, de courage et de peine. Le cancer, même quand il vous touche indirectement, laisse des cicatrices. C'est Viviane qui a répondu la première :

– Je trouve que c'est une super idée ! On pourrait le faire tous ensemble ?

– Je suis partant ! a clamé Théo.

– Moi aussi, a approuvé Mathilde. Pour une fois, j'aurai l'impression d'agir concrètement.

– Depuis que tu es malade, on se sent inutiles... on ne sait pas quoi faire pour t'aider.

Ma gorge s'est serrée, j'ai avalé un autre caillou. Mes amis étaient décidément là pour moi.

– Ce serait génial... mais ça m'étonnerait que maman soit d'accord.

Vu sa réaction quand papa avait voulu m'emmener au club, j'étais certain qu'elle refuserait.

– Merde ! T'as raison, elle voudra jamais.

Viviane a bondi du canapé et s'est mise à faire les cent pas.

– On doit trouver le moyen de la convaincre... Le problème, c'est qu'elle est toujours flippée.

La déception m'a pincé l'estomac. Tout à coup, j'avais furieusement envie de la faire, cette marche. Il fallait que maman arrête de tout m'interdire, même si c'était pour me protéger. Le copain de ma sœur s'est tourné vers moi. Dans la pénombre, je ne voyais que ses dents très blanches et ses yeux qui brillaient.

– Tu n'as jamais profité de ton cancer pour obtenir ce que tu voulais ?

– C'est horrible, ce que tu dis ! s'est insurgée Mathilde avec un petit couinement choqué.

Solal ne s'est pas démonté.

– C'est la vie qui est horrible. Arthur est jeune, il est confronté à la maladie. Sur l'échelle de l'apitoiement, c'est le degré maximum !

J'ai songé au téléphone que m'avaient offert mes parents alors que j'étais censé attendre mes quatorze ans. Depuis que j'étais malade, ils étaient prêts à tout pour me faire plaisir.

– Il a raison...

Un rire nerveux a chatouillé mon abdomen.

– Je pourrais demander n'importe quoi aux parents, ils se couperaient en quatre pour me le donner.

– De ouf ! a confirmé Viviane.

Elle a inspiré, puis a pris la voix de maman en me couvant d'un air super inquiet :

– *Tu veux la télé dans ta chambre ? Pas de problème mon trésor, papa va aller t'en acheter une. Et on va t'abonner au câble aussi, pour que tu n'aies plus jamais envie de sortir de la maison !*

Le chatouillement a gonflé, a fait trembler mes mains, chassé les pierres dans ma gorge.

– Tu l'imites trop bien ! j'ai dit avant d'exploser.

Le fou rire s'est propagé comme une traînée de poudre. D'abord Viviane. Et puis Solal et Théo. Quand Mathilde s'est mise à rigoler aussi, j'étais si rouge que j'aurais pu prendre feu spontanément.

– Le degré maximum… sur l'échelle de l'apitoiement ! hoquetait Viviane en se tenant le ventre.

À présent, on se tordait par terre, incapables de s'arrêter. La respiration saccadée, j'envisageais de m'évanouir lorsque mes parents ont débarqué dans le salon. Maman a appuyé sur l'interrupteur, écorchant nos rétines avec la lumière artificielle.

– Qu'est-ce qui vous arrive ? a-t-elle demandé, en croisant les bras sur son pyjama à fleurs.

J'ai repris mon souffle et lancé, avant de repartir de plus belle :

– On est juste… morts de rire !

Chapitre 27

VIVIANE

– Lily. Lily ?

Elle marchait vite, droit devant, pas un regard pour moi. Je l'avais bien cherché. De retour de vacances, j'avais pris la résolution de faire la paix avec elle, notre brouille ne pouvait plus durer. Visiblement, elle n'avait pas l'intention de me faciliter la tâche. Elle allait franchir la grille du lycée quand je l'ai retenue par le bras.

– Lily, attends ! Juste une minute. S'il te plaît.

Elle a crispé un sourire qui a dévoilé ses incisives.

– Vas-y. Balance ce que tu as à dire. Dépêche-toi, j'ai rendez-vous avec Maxime.

– C'est sérieux entre vous, j'ai l'impression.

– Et alors ?

Elle a refermé les bras, avec sur la figure la moue renfrognée des filles offensées. J'ai continué à parler, avec précaution, comme on touche l'eau de la piscine avant de se mouiller.

– Je voulais te dire que... je suis désolée. J'ai été injuste. J'étais triste, en colère, et je me suis défoulée sur toi. Tu n'as rien fait de mal. Je m'en fiche, que tu sortes avec Maxime.

– Tu me l'as pourtant bien fait payer !

– Je sais...

– Non, tu ne sais pas. Et c'est normal, tu m'as à peine adressé la parole pendant des mois. Depuis que ton frère est malade, tu m'as jetée de ta vie.

Son ton sans appel m'a glacé le sang.

– Écoute…

– Non, m'a-t-elle coupée. Tu voulais parler ? Alors parlons ! Est-ce que tu as une idée de ce que j'ai pu ressentir ? Tu m'as bloquée. Effacée, zappée, comme si on n'avait jamais été amies !

Le flot de reproches s'est interrompu, elle avait vidé son sac. J'ai baissé la tête, assommée, je n'osais plus la regarder de peur qu'elle ne reparte dans ses récriminations. J'essayais, en vain, de me rappeler les excuses que j'avais préparées. Mon cerveau était grippé.

– Pardon, ai-je dit. Pardon, pardon, pardon.

J'aurais pu le répéter en boucle, ce foutu mot, il n'y a rien d'autre qui me venait. J'ai poursuivi, cherchant à la convaincre de ma sincérité :

– J'ai été conne, je sais. J'ai tout fait de travers… (Ma voix s'est échouée sur le sol.) Tu m'as manqué.

J'ai attendu, suspendue à sa réponse. Quand enfin, j'ai levé les yeux, j'ai croisé son regard brillant. Elle me souriait, désarmée.

– Tu m'as manqué aussi, putain.

On ne s'est pas serrées dans les bras. On venait de se retrouver après des semaines de silence, et c'était bien comme ça. Autour de nous, les élèves passaient en nous évitant. Des bruits de conversations, des rires de potes qui se lancent une vanne, des ados normaux qui ont une vie normale. Ça faisait drôle quand même.

Plus tard, pendant la pause déjeuner, on avait des tonnes de trucs à se raconter. Elle m'a parlé de sa relation avec Maxime. C'était la première fois qu'elle était vraiment amoureuse, elle a rougi en m'avouant ça. Moi, je me suis enfin confiée à elle, sans rien lui cacher et en tentant d'analyser mes sentiments. Je lui ai dit la souffrance de mon frère, qui affrontait tout ça avec bien plus de courage que je n'en aurais jamais. Je lui ai dit ma solitude, cette affreuse impression d'être invisible aux yeux de mes parents. Je lui ai dit ma colère, celle qui avait pris tout l'espace, avait enflé jusqu'à me bouffer de l'intérieur. Je lui ai parlé d'Odysséa aussi. J'avais vraiment envie qu'elle vienne.

– Tu es d'accord ? Tu veux bien marcher avec nous ?

Je mesurais à quel point son amitié comptait pour moi, tout comme j'avais pris conscience de mon affection pour Arthur quand j'avais appris pour sa leucémie. Est-ce qu'on s'aperçoit qu'on aime les gens seulement lorsqu'on risque de les perdre ?

– Bien sûr que je veux.

– Je te dis ça, mais il est probable qu'Arthur ne soit pas là. Mes parents lui ont interdit de participer. Ils étaient du même avis, pour une fois, ils pensent que c'est trop tôt, parce que son traitement sera à peine terminé.

C'est moi qui étais montée au créneau pour exposer l'idée de la marche solidaire. J'avais eu beau leur expliquer son importance, ils n'avaient rien voulu entendre. Comme prévu, ma mère avait opposé un non catégorique à ma proposition. Elle m'avait regardée avec cette expression que je lui connais bien, maintenant. De l'inquiétude pour lui. Du reproche pour moi.

– Comment peux-tu farcir la tête de ton frère d'une imbécillité pareille ? Tu es inconsciente, Viviane.

Voilà ce qu'elle m'avait répondu.

Ce que je n'avais pas anticipé, en revanche, c'était le refus de mon père. Il ne l'avait pas contredite. Il s'était contenté de secouer la tête, et lorsqu'Arthur avait commencé à argumenter, il avait haussé la voix :

– Non, fin de la discussion.

C'était deux jours avant l'hôpital. Arthur devait y passer six semaines, avec une permission pour Noël. Dernière phase intensive, dernière ligne droite. Ensuite, ce ne serait pas tout à fait terminé, il resterait l'entretien. Un suivi de plusieurs années avec des consultations régulières, des examens planifiés. N'empêche, il y était presque.

– Je suis dégoûtée qu'il ne nous accompagne pas, ai-je avoué à Lily-Rose. Mais je tiens quand même à participer à Odysséa. Pas juste pour soutenir la recherche contre le cancer... c'est symbolique, tu vois ? Je crois qu'Arthur va guérir. Je veux y croire.

Les analyses avaient toutes démontré la même chose : mon frère était en rémission, tout se passait le mieux possible. Pour cette ultime hospitalisation, mes parents avaient décidé d'inverser les rôles. Maman resterait à la maison pendant que papa accompagnerait Arthur à Trousseau. Ils étaient convenus, après une de leurs séances en groupe de parole, que ma mère avait besoin de prendre du repos. Elle n'avait pas été loin de craquer. Merci, j'avais remarqué ! Mon père, lui, voulait s'impliquer davantage. Ce changement d'organisation leur convenait. J'étais moins sûre qu'il me convienne, à moi. Personne ne m'avait demandé mon avis.

– Je suis heureuse qu'Arthur aille mieux, a déclaré Lily. Je me suis fait un sang d'encre, tu sais.

Je voyais bien qu'elle était sincère. Bon sang, pourquoi est-ce que je l'avais mise à l'écart ? Sans doute que je n'avais pas su faire autrement.

– Il est encore en aplasie, mais ça devrait aller. À chaque début de phase intensive, il y a droit.

La chambre stérile et les mesures d'asepsie m'impressionnaient moins à présent. Arthur était fragile et il fallait le protéger, un point c'est tout.

Lily-Rose a pris son temps pour se verser un verre d'eau, puis elle m'a demandé abruptement :

– Et Solal ?

– Comment ça, Solal ?

– Solal. Le mec avec qui tu as traîné pendant tout l'été. Tu l'as retrouvé à la piscine, plein de gens vous ont vus.

– Tu m'as fait fliquer, ou quoi ?

Elle a semblé peinée par mon ton.

– Ça va, calme-toi. Tout le monde sait qu'on est amies, alors on m'en a parlé, c'est tout.

– Excuse-moi. La mère de Solal a eu un cancer, elle aussi.

J'ai dit ça comme si ça suffisait à tout expliquer.

– Je suis au courant.

Évidemment. Radio-lycée était foutrement efficace.

– Il y a un truc entre vous ? Vous semblez très proches...

– On est amis, c'est tout.

L'image de Solal s'est imposée à moi. Son sourire sur ses dents blanches. Ses cheveux noirs, un peu trop longs. Ses lunettes et sa dégaine de premier de la classe. J'ai tenté de masquer mon trouble derrière une grimace.

– C'est vraiment quelqu'un de bien. Je ne sais pas si j'aurais tenu le coup, sans lui.

Les narines de Lily ont frémi et elle a reposé la cuillère de yaourt qu'elle s'apprêtait à avaler. Je l'avais encore blessée. Je lui ai attrapé la main par-dessus la table et je l'ai pressée.

– Eh ! Solal m'a aidée parce qu'il comprend ce que je suis en train de vivre. Ce genre d'expérience, ça ne s'explique pas avec des mots, je t'assure. Alors, oui, on est devenus amis, mais il ne te remplacera jamais. Tu es ma « best friend forever », tu sais, comme disent les gosses !

Un sourire a flotté sur son visage, franc et lumineux. Elle a laissé échapper un gloussement.

– Quoi ? Qu'est-ce que j'ai dit de drôle ?

Elle a retiré sa main de la mienne.

– Tous les bouffons autour nous regardent. Ils doivent penser que tu viens de me faire une déclaration d'amour !

Vu de l'extérieur, tout portait à croire que je la draguais. Et les regards suspicieux sur notre droite étaient clairs. On a éclaté de rire, un peu comme avec Arthur, le soir d'Halloween. Ça n'allait pas recommencer ! Je me suis mordu les lèvres.

– Peut-être que ton mec va vouloir me casser la gueule ?

Lily-Rose a opiné en camouflant son rire derrière sa main.

– Je viens quand même de te faire une déclaration d'amitié ! ai-je lâché en tentant de garder mon sérieux.

OK, c'était raté. Je gloussais comme une pintade. Qu'est-ce que c'était bon ! J'avais la sensation que la vie reprenait ses droits. Je m'autorisais à me marrer, et même si tout n'était pas tout à fait revenu à la normale, je me sentais à nouveau comme une fille ordinaire.

À cet instant, mon portable a vibré.

C'était ma mère.

D'une voix atone, elle m'a annoncé qu'Arthur était en réanimation. Elle passait me chercher devant le lycée, on partait à Trousseau.

CHAPITRE 28

VIVIANE

Serrer les poings, attendre que la voiture s'arrête à un feu rouge pour ouvrir la portière. Bondir, courir, fuir. Pour aller où ? Le trajet me paraissait durer des heures, pourtant, nous ne roulions que depuis une trentaine de minutes. Ma mère conduisait en silence, ses mains comprimant le volant comme si elle voulait l'étrangler. De temps en temps, je lui lançais un coup d'œil, mais j'aurais bien pu ne pas être là, ça aurait été pareil. Cette course en avant, le ciel vaste et vide, la note sombre des champs, l'opacité des bois, tout me ramenait à cette fin d'après-midi, il y a un mois.

La différence, c'est notre destination. Aujourd'hui, nous nous rendons au cimetière.

Il y a un mois donc, j'avais attendu ma mère devant le lycée, avec l'impression d'être en chute libre. Lily-Rose était restée avec moi jusqu'à son arrivée. On ne se parlait pas, j'étais tombée d'une falaise, le sol se rapprochait à toute vitesse. Je ne me souviens pas d'être montée dans la voiture. Lily a dû me dire qu'elle m'appellerait, peut-être est-elle restée sur le trottoir à me regarder partir. Chaque sensation de cette journée maudite est une allumette qui brûle et embrase d'autres souvenirs, traçant une ligne de feu dans ma mémoire.

Le visage de maman, la ligne dure de ses lèvres, qui voulait dire : « Ça ne se fait pas, mon enfant ne peut pas mourir, c'est impossible, c'est inacceptable ! »

Le frémissement agonisant de novembre, la lumière qui baissait, froissant la terre des champs à mesure que nous avalions les kilomètres. Cette chanson de Fleo dans nos oreilles avant que j'arrête la radio.

Le monde a l'air limpide
Mais mes yeux sont humides
Mon cœur est livide
Il a noirci chaque nuit
Quand j'ai appris ta maladie

J'ai eu envie de vivre

L'obscurité était totale quand nous nous étions garées devant l'hôpital. Comme aujourd'hui, le bruit de nos pas crissant sur le gravier déchirait le silence. Je crois qu'on n'avait pas échangé un seul mot de tout le trajet, du moins, je ne m'en souviens pas. J'étais incapable de parler. Ma peur de plus en plus grande à mesure que nous avancions, je la cachais au fond de mes poumons. L'air chaud de l'hôpital nous avait recouvertes, suffocant. Nous avions parcouru les couloirs, comme nous marchons à présent dans les allées rectilignes du cimetière.

Dans le service de réanimation, des soignants s'activaient avec des gestes sûrs, rapides, efficaces. On avait laissé maman entrer dans la chambre d'Arthur. Papa lui avait cédé la place et était ressorti dans le couloir. M'avait prise dans ses bras. Dans son étreinte ferme et rassurante, j'avais failli craquer. Mâchoires contractées. Je ne voulais pas pleurer.

– Comment il va ?

Ma mère ne m'avait fourni aucune explication. Alors, mon père s'en était chargé. Arthur avait attrapé une infection pendant son aplasie. Il était depuis quinze jours en chambre stérile et, contrairement aux fois précédentes, son taux de globules blancs restait désespérément bas. Moins de globules blancs, moins de défenses immunitaires, CQFD.

Mon père avait alors précisé, en me serrant toujours :

– Il est très faible, mais il tient le coup.

Corps engourdi, peur de tomber raide. Je m'étais dégagée pourtant.

– Je ne comprends pas. Il est en chambre stérile ! Comment est-ce qu'il a pu choper une infection ?

– Le problème, c'est que l'ennemi vient de l'intérieur. Ton frère a développé une mucite sévère. Sa flore buccale est devenue folle en l'absence d'anticorps suffisants.

J'avais secoué la tête, je refusais cette réalité.

– Il va s'en sortir, hein ? Ce n'est pas possible autrement !

– On lui perfuse une armada d'antibiotiques. Il faut espérer qu'il n'y ait pas de rupture des abcès, on doit absolument éviter la septicémie.

Septicémie. Encore un mot-bombe. J'avais lu qu'on pouvait mourir en quelques heures d'une septicémie. Le cœur s'accélère, la tension artérielle chute, les organes reçoivent moins de sang. Dégringolade fatale.

– Non ! avais-je fait, les larmes me piquant derrière les yeux.

Je ne pleurerais pas.

Maman était ressortie de la chambre, air hagard, semblant étouffer un cri. Elle avait essayé de s'approcher pour me toucher, j'avais reculé.

Dans le sas d'entrée, je m'étais lavé les mains au gel hydroalcoolique. Gestes mécaniques, depuis le temps. Frottement des paumes, dos des mains, doigts, ongles, poignets. Envie de m'écorcher la peau. En prenant garde de ne toucher aucune surface, j'avais balancé la serviette jetable dans la poubelle, en l'actionnant avec le pied. Enfilé la blouse, le masque, la charlotte, les surchaussures, franchi le seuil de la chambre.

Arthur avait les yeux fermés. Sa respiration faisait un bruit de râpe comme si l'air entrait et sortait de sa gorge en frottant du papier de verre. La lumière tamisée donnait à sa peau pâle un teint de cadavre, il ne bougeait pas. De là où je me tenais, à l'extrémité de la pièce, je ne voyais pas sa poitrine se soulever. Il avait pris une densité de caillou, une immobilité minérale. Je m'étais approchée, les pas feutrés, j'avais crié : *Ce n'est pas vrai, rien n'est réel* !, mais seulement au-dedans de moi. En vrai, je lui avais simplement caressé la main.

Elle était posée sur le drap, inerte, on aurait dit un oiseau mort.

– Arthur ? (Il n'avait pas réagi.) C'est moi, Viv. Je suis là.

Et puis c'est tout. Mes larmes avaient enfin débordé pour s'écraser sur le matelas comme de petits poids qui tombent. J'étais restée debout, immobile moi aussi. Tout était figé dans cette chambre.

Nos deux corps, le temps, notre vie en suspension.

La nuit n'avait été qu'une attente interminable. Elle s'est perdue dans un brouillard confus, je ne me souviens que des passages dans la chambre de réa, à tour de rôle avec mes parents. Des cafés bouillants qui laissaient leur amertume sur la langue. Du voile glacé qui me recouvrait comme une rosée d'effroi. Des mains blanches d'être broyées, du cœur trop vite.

Mon père m'avait proposé d'aller me reposer dans le studio qu'il louait à la maison des parents pendant l'hospitalisation d'Arthur. J'avais décliné son offre bien sûr. On s'était succédé auprès de mon frère, refusant de le laisser seul. On avait le sentiment que si on l'abandonnait, ne serait-ce qu'une seconde, il glisserait et on ne le reverrait jamais. On voulait le retenir, agripper sa main pour l'empêcher de tomber.

La bise glaciale sur ma peau m'a ramenée au présent. Les souvenirs de cette nuit froide sont des fantômes qui reviendront souvent me hanter. J'ai resserré mon écharpe autour de mon cou et fouillé dans la poche de ma parka. Sur la pierre tombale, j'ai posé le carnet de blagues rempli par Arthur et ma mère a placé le bouquet de fleurs – des violettes – dans un vase prévu à cet effet. Les yeux secs, je me suis forcée à lire les messages des plaques funéraires.

TU ES PARTI TROP TÔT, MAIS JAMAIS NOUS NE T'OUBLIERONS
ICI REPOSE UN ANGE
À NOTRE FILS ADORÉ
S'IL POUSSAIT UNE FLEUR À CHACUNE DE MES PENSÉES POUR TOI,
LA TERRE SERAIT UN IMMENSE JARDIN

Et puis, j'ai lu le nom gravé dans le marbre blanc.

LUCAS DUBOIS

Nous avons promis à mon frère de faire ce détour avant d'aller à l'hôpital. Il a insisté pour que nous rendions visite à son ami, puisqu'il ne peut pas le faire lui-même. «Je ne veux pas qu'il soit tout seul la veille de Noël, a-t-il expliqué. (Et devant l'hésitation de maman :) S'il vous plaît, c'est important pour moi.»

Alors, nous sommes venues pour déposer nos pensées sur la tombe de ce petit garçon.

Arthur, lui, se remet doucement de son infection. Au bout de vingt-quatre heures critiques, la fièvre a baissé, il est remonté à la surface. Nous ne l'avons pas laissé glisser finalement.

Maman et moi avons refait le chemin en sens inverse. Quand la voiture a démarré, qu'il y a eu suffisamment de distance entre le cimetière et nous, j'ai eu la vision de ce qu'aurait pu être notre avenir si la leucémie avait gagné la bataille. Si le nom sur la tombe avait été celui d'Arthur.

Mes parents et moi avions affronté la peur, la vraie, celle qui vous écrase, vous broie, vous arrache les entrailles. Mais Arthur était vivant. Pas encore vaillant, mais vivant.

Et aucun cadeau de Noël au monde ne pouvait être aussi précieux que celui-là.

Chapitre 29

ARTHUR

Avant, j'imaginais que passer Noël à l'hôpital serait le truc le plus glauque du monde. Genre un silence lugubre, de la bouffe dégueu et un sapin riquiqui entortillé dans des guirlandes usées. Eh bien pas du tout. Je pense même que je viens de vivre l'un des plus beaux Noëls de ma vie. Sûrement parce que j'ai failli y passer et qu'on était tous super contents d'être ensemble. Et aussi parce que j'adore cette fête. L'année dernière, Viv se fichait de moi à cause des chaussons que j'avais voulu placer sous le sapin. Évidemment, je ne crois plus au Père Noël. Maman avait fini par m'avouer la vérité, l'année de mes sept ans, après que je lui avais posé la question. J'avais été pas mal déçu. N'empêche, je tiens à suivre les traditions. Alors tous les ans, je compte le nombre de paquets au pied du sapin, j'essaie de deviner ce qu'il y a à l'intérieur en me fiant à leur taille. J'adore ça, tout simplement.

Cette année, mes grands-parents sont passés l'après-midi du 24 pour me déposer leurs cadeaux. Comme les circonstances étaient particulières, je les ai déballés tout de suite. Un livre sur les chevaux de la part de papy et un kit pour faire des expériences scientifiques de la part de mamie. Comme d'habitude, elle a glissé un billet dans la boîte de jeu. Je crois que mes grands-parents détestent l'hôpital, parce qu'à chaque fois qu'ils viennent, ils se forcent à paraître gais. Ils sont partis avant le réveillon, seuls les parents et les frères et sœurs avaient le droit de rester le soir. Papy m'a fait son salut tout raide d'ancien militaire et mamie m'a embrassé fort sur les deux joues. Elle sentait son parfum de rose et de poudre, j'aime bien.

Après, j'ai demandé à l'oreille de Viviane :

– Vous y êtes allées ?

Je voulais être sûr qu'elles avaient respecté leur promesse. Viv a fait oui de la tête. La peine qui me tiraillait le ventre s'est apaisée.

– C'est bien.

J'avais conscience que ça avait dû leur coûter de faire ça, mais Lucas savait que je pensais à lui. Que je ne l'oubliais pas.

Le repas a été très joyeux. D'abord, on a bu un verre dans la salle des parents (du jus de fruit pour les enfants, du mousseux pour les adultes). Il y avait plein de monde et on était plutôt serrés, c'était pas grave. On a porté un toast à ce Noël spécial, on a souhaité une bonne santé aux enfants malades, et mangé des canapés mous trop salés. Le petit Simon, de retour lui aussi, était super excité de me voir. Une voix intérieure, la voix de Lucas, m'a dit que c'était bête d'ignorer un ami potentiel juste parce qu'on a peur de le voir disparaître. J'ai donc regardé avec Simon les cartes Pokémon qu'on venait de lui offrir. Depuis la dernière fois, il avait perdu cheveux et sourcils, je lui ai dit qu'il me faisait penser à Salamèche.

– Arthur ! s'est exclamée maman.

– Ça va ! C'est de l'humour de cancéreux, tu peux pas comprendre !

Ensuite, chacun a réintégré sa chambre et on a dégusté le repas de Noël, version régime hospitalier. Je commence tout juste à remanger normalement, et franchement, la bûche n'était pas trop mauvaise, on voyait qu'ils avaient fait un effort. De toute manière, après ce qu'on avait vécu avec ma famille, on s'en fichait pas mal, de la nourriture. On avait tous eu la trouille, moi de mourir, eux de me voir mort. J'ai vraiment cru que j'allais claquer. Je n'ai pas vu de tunnel, ni rien de tout ça, mais j'ai vécu une expérience trop bizarre. Je me suis comme dédoublé. J'étais en même temps allongé sur mon lit, relié à ma perfusion, et en train de me regarder dormir. J'ai vu mes parents et ma sœur qui me tenaient la main, me racontaient des tas de trucs, ou bien pleuraient. Maman m'a chanté des chansons, de celles de quand j'étais petit ; papa m'a récité des pages de la légende d'Arthur ; Viv m'a dit qu'elle m'en voudrait à mort, si j'osais la laisser. Ils croyaient que j'étais trop dans le coltar pour les écouter, mais j'ai tout entendu.

Pour animer la soirée, maman a eu l'idée d'apporter des albums de famille. Après le repas, on a passé un moment à tourner les pages en faisant des commentaires. On nous voit, Viviane et moi, à tous les âges de la vie. Les anniversaires, les vacances, les inévitables photos de classe, nos premiers Halloweens, les Noëls. On a tous l'air très heureux. C'est là que je me suis rendu compte que cette année, on n'avait pratiquement pris aucune photo. À part pour le passage de Zahir, mes parents avaient arrêté de nous mitrailler à chaque grande occasion. Je leur ai demandé pourquoi.

– C'est à cause de ma tête ? j'ai fait en désignant mon crâne d'œuf.

– C'est plutôt qu'on n'y pense pas, a prétendu papa.

Ça se voyait trop, qu'il était en train de mentir. Maman a essayé d'expliquer :

– Ce n'est pas qu'on refuse de te photographier, c'est juste... que les moments ne s'y prêtent pas particulièrement.

– Moi, j'ai plutôt l'impression que la leucémie d'Arthur est la seule chose qui compte, est intervenue Viviane. À chaque fois que je pense à un événement de ces derniers mois, c'est toujours en fonction de ça. Notre ultime sortie en famille ? Juste avant le diagnostic. La fin de l'année scolaire : Arthur a fini sa première chimio. Les vacances : Arthur va à l'hôpital de jour. La rentrée : il déprime grave depuis qu'il est retourné à Trousseau. C'est comme si ce foutu cancer servait de point de repère au moindre moment de notre vie !

Comme d'habitude, Viv avait parlé cash. Il y a eu un silence, aussi froid que le mois de décembre. Un pli de chagrin a barré le front de maman.

– On dirait que tu nous en veux parce qu'on s'est concentrés sur ton frère.

– Non, s'est défendue Viv. Tu déformes tout ! Je dis seulement que la maladie a pris toute la place.

Elle a rougi en continuant.

– Qu'on le veuille ou non, elle fait partie de notre vie. Ne pas prendre de photos, c'est comme si on faisait semblant de croire qu'on pourra oublier.

– C'est vrai, j'ai dit, on n'oubliera pas. On n'oubliera jamais.

Maman a passé une main sur son visage. Elle a soupiré à la manière d'un ballon qui se vide de son air et papa a grincé un petit rire.

– Vous n'avez pas tout à fait tort, a-t-il dit. Vous avez même complètement raison, et il a sorti son téléphone.

Il a d'abord fait un panoramique de la chambre pour terminer sur nous. Après, il nous a photographiés en mode rafale, à croire qu'il ne pouvait plus s'arrêter. Enfin, on s'est serrés autour de mon fauteuil, et il a fait plein de selfies.

– C'est bon, papa, je pense que tu en as pris assez, a rigolé Viviane.

Oui, il y avait de quoi remplir un album. J'avais hâte de le regarder, celui-là. Même avec ma tête de déterré.

Dès que je me suis mis à bâiller, maman a dit que ça suffisait pour aujourd'hui, qu'on se retrouverait le matin pour l'ouverture des cadeaux. Elle commençait déjà à enfiler son manteau quand Viviane m'a envoyé des signaux de détresse.

– C'est le bon moment ! a-t-elle soufflé.

Sur le coup, je n'ai pas capté. Elle a roulé les yeux en articulant en silence :

– *O-dy-ssé-a.*

J'ai donc embrayé.

Pour la deuxième fois, j'ai demandé à mes parents la permission de participer à la marche contre le cancer. Je leur ai garanti que je ne prendrais pas de risques. On ne le ferait qu'avec l'autorisation de Mme Takahashi. Si aucun imprévu n'arrivait (j'ai affiché un air dramatique en prononçant « imprévu »), j'aurais terminé mon traitement et j'aurais même repris l'école. Je serais au bout du chemin, enfin, le plus dur serait fait.

Les parents se sont regardés, figés comme sur les photos. J'ai décodé un « Pourquoi pas » dans les yeux de papa, et des « Non, non, non » dans ceux de maman. Viviane m'a adressé un sourire d'encouragement. Alors, je suis passé à la vitesse supérieure. Comme on l'avait répété avec Viv (on avait échangé plein de SMS pour mettre au point mes arguments), j'ai décidé de jouer la « carte cancer ».

– S'il vous plaît, j'ai supplié, vous ne pouvez pas me le refuser. Un peu plus, et c'était la dernière chose que je vous demandais...

Maman a tressailli, papa a cligné des yeux, il fait toujours ça quand il est ému. Je les ai achevés :

– Et en plus, j'ai plus de cheveux !

Papa a toussé, un gros point d'interrogation sur la figure. C'est maman qui a craqué la première :

– Bon d'accord. Mais tu ne marches pas, tu le fais en fauteuil roulant.

– Je marche et vous êtes là en renfort avec le fauteuil.

Micro-consultation silencieuse. Papa s'est raclé la gorge.

– OK. Nous t'accompagnons, et si on le juge nécessaire, tu acceptes le fauteuil sans discuter.

Micro-sourire de maman.

– C'est une clause non négociable.

Viviane et moi, on a échangé notre regard spécial, que nous sommes les seuls à décrypter. L'affaire était conclue, on avait gagné la partie.

Je guérirais et je ferais Odysséa pour prouver à tout le monde que j'allais bien.

En participant à cette marche, j'irais vers ma nouvelle étape.

Chapitre 30

ARTHUR

Il paraît que quand on est grand, le temps passe plus vite. Avant, mes parents se plaignaient toujours de ne pas voir les semaines, les mois défiler. Et puis, cette année, le temps s'est arrêté. Le compte à rebours a continué de tourner sans nous. Tous ces mois à alterner entre l'hôpital et la maison, les grosses chimios et les phases d'entretien, me paraissent en dehors du temps. J'ai appuyé sur le bouton off pendant un moment et à présent, il faut remettre le film en marche. Ça me flanque les jetons.

C'est pour ça que j'ai eu beaucoup de mal à m'endormir, hier soir. J'essayais d'imaginer à quoi ressemblerait demain, et la seconde d'après, des images de l'hôpital s'imposaient à moi. C'était un peu comme si j'étais enfermé dans le manège à faire des tours et des tours de piste. J'avais beau accélérer, mettre le cheval au galop, je revenais sans cesse à mon point de départ.

La veille de ma sortie de Trousseau, le docteur Takahashi m'a reçu dans son bureau. J'étais venu plusieurs fois dans cette pièce. Elle était toujours aussi bien rangée, avec des tas de dossiers qui se serraient sur les étagères. Je me suis calé dans la chaise familière et comme d'habitude, Mme Takahashi a attendu que je prenne la parole le premier. Je savais que je partais le lendemain et j'étais hyper excité à l'idée d'en avoir fini avec tout ça.

– Alors, on y est ? j'ai lancé avec un grand sourire.

– On y est, a confirmé Mme Takahashi. La vie quotidienne va reprendre son cours.

Elle a marqué une petite pause.

– Je voulais te voir pour évoquer une dernière fois le suivi qui va être mis en place. Ce qu'on appelle l'entretien. Très régulièrement, puis de manière plus espacée, tu iras en consultation dans l'établissement spécialisé de ta région. Des examens biologiques et radiologiques permettront de vérifier l'absence de rechute et, le cas échéant, une prise en charge adaptée.

Rechute. Ce simple mot avait suffi à faire retomber ma joie. Mes mains ont tremblé et je les ai coincées entre mes genoux.

– Ça veut dire que je ne suis pas complètement guéri ?

– Nous en avons déjà parlé, tu te souviens ? L'objectif d'un suivi est de dépister de manière précoce une éventuelle réapparition de blastes. Aujourd'hui, tu es en rémission. C'est un fait, c'est acquis et tu peux t'en réjouir. Le traitement a été formidablement efficace.

– Je sais.

J'ai opiné de la tête avec vigueur et je me suis accroché au regard franc du docteur Takahashi. Elle m'avait déjà expliqué tout ça, elle ne m'avait jamais menti. J'avais seulement eu besoin de l'entendre à nouveau.

Mon corps était débarrassé du cancer.

– Est-ce que tu as d'autres questions ?

– Non.

C'était faux. J'avais des milliards de questions, mais rien ne m'est venu sur le moment. Mme Takahashi m'a tendu une pochette remplie de documents.

– Voici un dossier récapitulant ton historique clinique.

– Vous ne le donnez pas à mes parents ?

– Je te le donne à toi. Maintenant que ta maladie est contrôlée, c'est important que tu t'impliques dans le suivi. Quand tu seras majeur, l'équipe pédiatrique passera la main à un médecin pour adultes, et tu lui remettras ces documents.

J'ai pris le dossier et je l'ai regardé avec étonnement. Alors voilà, tous ces mois de traitements, tous ces moments de doute, toutes mes peurs, contenus dans quelques feuilles ? J'ai soupesé la pochette. Elle ne pesait pas bien lourd. Un sourire a étiré mes lèvres.

– Je vais aller bien, hein ?

Le docteur Takahashi m'a souri en retour. Ses longs cheveux brillaient comme du satin noir et j'ai pensé que même si j'étais drôlement content de ne plus revenir dans cet endroit, elle allait me manquer.

– Ici, on ne prédit pas l'avenir, a-t-elle déclaré de son ton sérieux. Mais aujourd'hui, oui, tu vas très bien.

Ce sont ces paroles-là que je me suis répétées en me préparant ce matin.

Je vais bien. Je vais très bien.

J'ai encore vérifié que je n'avais rien oublié en comparant le contenu de mon Eastpak avec l'emploi du temps affiché au-dessus de mon bureau.

Ça n'est jamais que la quinzième fois que tu inspectes ton sac ! a ricané Bob depuis la porte de ma chambre.

– Je sais, j'ai maugréé. C'est juste que je ne voudrais pas me faire remarquer le jour de ma rentrée.

Parce que tu crois que c'est à ça que les autres vont faire attention ? Regarde-toi dans la glace. Ils n'en auront rien à faire que tu sois un élève modèle. Par contre, ton look de petit chauve à casquette, ça va plus les intéresser.

Je me suis planté devant Bob qui rigolait de toutes ses dents, bien à l'abri dans son box confortable. J'avais beau savoir que sa voix était dans ma tête, il ne faisait rien que m'énerver aujourd'hui.

Maman a frappé à la porte.

– Tu es prêt ?

– J'arrive !

J'ai passé la main sur mon crâne lisse. Il fallait au minimum six semaines après la dernière chimio pour que les cheveux repoussent, m'avait expliqué Tarik. Si c'était vrai, je retrouverais bientôt ma tignasse. Pour l'instant, je préférais dissimuler la zone désertique, j'ai enfilé ma casquette du Pégase Club en faisant une grimace à Bob.

– Tu te magnes ? a braillé Viviane.

Elle m'attendait pour descendre à l'arrêt du bus, à peine quinze mètres en bas de chez nous. J'avais eu toutes les peines du monde à convaincre ma mère de ne pas m'accompagner en voiture jusqu'à mon nouvel établissement. Je l'avais entendue en discuter avec mon père qui venait de rentrer du travail. Il lui avait rappelé que le pédopsy avait conseillé de me laisser de l'autonomie. *Merci papa*, j'avais pensé. Sans lui, j'aurais été le seul élève à entrer dans le collège avec sa maman. La honte.

Elle s'était postée dans le couloir pour me dire au revoir, on aurait cru que je partais pour un long voyage. Ce n'était pas très rassurant.

– Ça va bien se passer, a-t-elle promis d'une voix trop convaincante pour être honnête.

– Lâche-le maman, a rétorqué Viv en ouvrant la porte. Évidemment que ça va bien se passer !

Ma mère a serré les lèvres. Les relations entre ma sœur et elle ne se sont pas réchauffées. Depuis mon retour il y a presque un mois, c'est la guerre froide. Viviane paraissait fâchée, je ne savais pas trop pourquoi. J'ai attrapé le bisou de maman au vol et on est enfin sortis.

– Ce qu'elle peut être lourde, des fois ! a grogné Viviane.

– C'est vrai que tu es toujours tellement sympa avec elle !

Ma sœur m'a observé, une moue ironique sur les lèvres.

– T'es en forme, toi !

Ça, c'était vite dit. Mon bus est arrivé et je suis monté sans me retourner.

– Eh ! m'a interpellé Viviane, si tu es dans un mauvais mood, pense à Zahir… Arthur power !

J'ai rigolé et je me suis assis dans le bus, regonflé à bloc.

Vingt minutes plus tard, c'était une autre histoire. Planté devant le portail du collège, je ne bougeais pas. Durant toute l'année de CM2, j'avais souhaité passer ce portail. Je voulais faire comme Viviane, être grand, mon école me semblait si petite à côté de ces immenses bâtiments ! Je m'imaginais qu'à l'intérieur, c'était comme dans les séries télé, gigantesque, plein de tags et d'élèves super cool qui discutaient à côté de leur casier. Et maintenant je restais en rade sur le trottoir, tellement terrifié que j'étais incapable de bouger. Plusieurs sentiments se cognaient dans ma cervelle, l'envie contre la peur ; la joie contre la honte. C'était tout mélangé.

Des dizaines d'ados de tous âges passaient en me contournant et me jetaient des coups d'œil. Je sentais les regards se coller sur moi. Est-ce que certains n'étaient pas déjà en train de se moquer de mon allure ? La sueur s'est mise à dégouliner sous ma casquette, soudain, j'ai eu très chaud et un peu envie de vomir. Et si je dégobillais, là, maintenant, devant tous ces inconnus ?

Alors que j'envisageais de faire demi-tour, un bras a entouré mon épaule.

– Arthur ! Je suis trop contente que tu sois là.

Mathilde m'a fait la bise, comme si de rien n'était, comme si je n'étais pas en train de me transformer en flaque sur le trottoir.

– Dépêche-toi, ça va bientôt sonner.

Comme dans un brouillard, je l'ai suivie jusque dans la cour. Nous avons traversé le préau rempli de monde et personne n'a vraiment fait attention à moi. Des grappes d'ados discutaient, et de part et d'autre des murs, des casiers multicolores s'alignaient. L'endroit n'était pas si grand, les élèves n'avaient pas l'air plus cool que ça, et je ne voyais aucun tag nulle part. Dehors, j'ai reconnu quelques anciens CM2, et Théo, qui était déjà rangé, m'a dit bonjour avec un sourire ravi. Il a commencé à me présenter des garçons de la classe, j'ai serré tellement de mains que je n'ai pas retenu tous les noms. Quand la sonnerie a retenti, j'ai été un peu surpris parce que c'était un morceau de jazz et pas le son strident auquel je m'attendais. Mme Lagrange, la prof principale qui était venue me faire cours à la maison, est arrivée pour nous chercher et nous nous sommes mis en marche. Le rang s'est un peu désorganisé parce que plusieurs classes s'embouteillaient en même temps devant la porte. Un garçon plus âgé, sûrement un troisième, a lancé une blague moisie sur mon passage. Mme Lagrange n'a rien entendu.

– Eh, mate le Schtroumpf à casquette ! a-t-il ricané en me pointant du doigt.

Il portait une boucle d'oreille en forme de croix et faisait bien deux têtes de plus que moi. J'ai courbé les épaules et j'allais passer sans rien dire quand j'ai entendu deux copains de l'année dernière réagir.

– T'as pas mieux à faire que de te moquer d'un mec qui vient d'avoir un cancer ? ont-ils riposté.

J'ai pris conscience de la chaleur sur mes joues. Je devais être aussi rouge que ma casquette, moi qui voulais passer inaperçu, c'était loupé. Le troisième a haussé les épaules en disant qu'il s'en foutait et il s'est éloigné.

– Fais pas gaffe, a dit Mathilde, c'est rien qu'un gros débile.

J'étais bien d'accord, mais ça ne m'empêchait pas d'avoir honte. Nous sommes montés à l'étage, je suivais le mouvement, la tête vide et le visage en feu. On est enfin entrés dans notre salle, et, pendant quelques secondes horriblement gênantes, je me suis demandé où j'allais me mettre. Théo, qui marchait derrière moi, s'est installé au deuxième rang et m'a invité d'un geste à venir à côté de lui.

– C'est ta place réservée, a-t-il soufflé pendant que je m'asseyais.

Les élèves ont sorti bruyamment leurs affaires et Mme Lagrange a annoncé le contenu du cours. Alors que je me remettais doucement de l'accrochage avec le grand à la boucle d'oreille, elle a déclaré :

– Avant que nous commencions à travailler, je voulais te souhaiter la bienvenue, Arthur.

Tous les yeux se sont tournés dans ma direction et je me suis tendu. Voilà que j'étais encore au centre de l'attention. Certains me souriaient franchement, d'autres me regardaient avec curiosité. J'ai remarqué que deux garçons devant moi avaient ôté leur casquette en entrant dans la salle. J'étais le seul à l'avoir gardée et personne ne m'avait demandé de l'enlever. La prof a continué :

– Tu as travaillé dur pour suivre le programme et je suis sûre que tu vas vite prendre le rythme. En tout cas, sache que nous sommes tous très heureux que tu sois là.

Théo m'a fait son clin d'œil raté, les deux paupières plissées en signe de connivence, et Mathilde, assise dans l'autre rangée, a articulé en silence : « Bienvenue Arthur. » Pendant des secondes interminables, j'ai été comme paralysé. Mon cœur se castagnait avec mes côtes, il cognait si fort que j'étais persuadé que tout le monde pouvait l'entendre.

J'ai pensé au grand troisième qui venait de se moquer de moi et aux copains qui avaient pris ma défense. À Mathilde et son sourire de bienvenue, à Théo qui m'avait gardé une place.

J'ai pensé au jour où Zahir m'avait redonné l'envie d'y croire et aux encouragements de ma sœur à l'arrêt de bus.

Je me suis dit que peu m'importaient les débiles qui se moquent des sixièmes, et que de toute manière, je n'en avais rien à faire de lui.

J'ai pensé que dans la vie, il y a des choses importantes, et d'autres qui le sont moins.

– Moi aussi, je suis content d'être là, j'ai dit à voix haute.

Et j'ai enlevé ma casquette.

Chapitre 31
VIVIANE

Ciel gris. Mouvement de la foule tout autour. Des rires, des gens se tenant par la main.

En avançant aux côtés de ma famille et de mes amis, j'ai tenté d'absorber les sensations, les sons, les couleurs. L'air frais et piquant du premier week-end de mars. Des tee-shirts roses, partout. Je ne voulais rien oublier de cette journée, je voulais graver chaque image dans ma mémoire.

Odysséa.

On avait tellement attendu cet événement, Arthur et moi, hors de question d'en perdre une miette. Tandis que nous marchions lentement, adaptant notre pas à celui de mon frère, j'ai éprouvé avec force l'énergie qui imprégnait l'air. Une énergie incroyable émanant de la réunion de ces femmes, hommes, enfants, tous présents dans cet endroit pour la même raison. Tous tendus vers le même but.

C'était encore plus énorme que tout ce que nous avions pu imaginer.

Nous étions arrivés la veille au soir, pour permettre à Arthur d'être en forme et dispos le matin. Papa avait réservé des chambres d'hôtel, en périphérie de la ville, maman était allée chercher nos dossards pendant qu'on préparait un pique-nique. Pain frais, poulet froid, salade de crudités et brownie au chocolat, ma spécialité.

On avait passé une soirée sympa, partageant la nourriture et l'excitation du lendemain. Si j'avais eu une gomme magique pour effacer ces longs mois écoulés avec la leucémie comme seul horizon, j'aurais pu croire qu'on était avant. Ce n'était pas le cas bien sûr. Parce que c'était précisément cette année difficile qui nous avait conduits ici, dans cette chambre, tous les quatre.

En début de matinée, après un copieux petit déjeuner, on a rejoint le rassemblement. Par-dessus les sweats, on a enfilé nos tee-shirts roses. Sous le logo d'Odysséa – une silhouette qui s'élance –, notre numéro de dossard était floqué sur fond blanc. Mon portable a vibré. J'ai fait signe à mes parents de me suivre.

– Ils sont là ! Ils nous attendent au niveau du podium.

Lentement, on s'est frayé un passage vers la place noire de monde. Grâce aux indications qu'il me donnait par téléphone, nous avons réussi à retrouver Solal, sa mère et sa tante. Peu à peu, les amis d'Arthur nous ont rejoints avec leurs parents, puis Lily-Rose accompagnée de Maxime. Notre groupe était au complet.

– Tu as vu, c'est complètement ouf ! s'est écriée mon amie en essayant de couvrir le bruit de la musique.

Sur l'esplanade où une large estrade était installée, l'échauffement avait commencé. Un animateur survolté s'agitait devant des centaines de personnes qui imitaient ses mouvements. Joyeusement, j'ai commencé à bouger moi aussi, suivie de Lily-Rose, Maxime et Théo.

– Tu viens ? ai-je braillé à Solal, resté en retrait.

– Non, je reste avec ma mère, a-t-il dit, amusé par mon entrain.

Celle-ci attendait, les bras croisés et un peu pâle, à côté d'Arthur, Mathilde et mes parents. Alors que je m'efforçais de suivre le rythme, déjà transpirante sous mes couches de vêtements, mon regard a glissé sur elle et un détail m'a frappée, fulgurant.

Les cheveux de la mère de Solal.

Ou plutôt, l'absence de ses cheveux. Une mèche s'échappait de son foulard, une unique mèche sous un foulard de chimio. J'ai arrêté de danser. Comment avais-je pu ne pas le remarquer ? Dans cette foule, il y avait tellement de femmes qui portaient le même type de coiffe que mon cerveau n'avait pas immédiatement enregistré l'information. Pourtant, maintenant que je l'observais avec plus d'attention, ça me sautait aux yeux. Ce teint légèrement cireux. Ces cernes sombres. C'était une évidence.

Les gens continuaient à bouger autour de moi, mer mouvante dans laquelle j'étais figée. Tout à coup, j'ai eu du mal à respirer. J'avais besoin d'air, de l'air, juste une seconde. J'ai fendu les flots de corps pour m'approcher de Solal, cherché son regard.

– Pourquoi tu ne m'as rien dit ?

Mon cri était sorti dans un murmure, pourtant si fort à l'intérieur. Solal a haussé les épaules.

– Récidive.

Pas d'autre mot que celui-là. Pas la peine.

Je comprenais maintenant pour quelle raison il tenait tellement à faire cette marche solidaire. J'avais pensé que nous étions tous les deux animés du même feu : un de nos proches avait eu un cancer, il s'était battu, il avait vaincu. Nous voulions célébrer cette victoire, la vie gagnée de haute lutte. Nous voulions soutenir les autres aussi, ceux qui n'étaient pas encore au bout du chemin. Mais la mère de Solal était ces autres, elle devait livrer une nouvelle bataille. Elle avançait vers son avenir incertain, il était là pour ça.

J'ai pris la main de Solal dans la mienne ; sa peau douce et tiède contre ma peau. Nos doigts se sont entrelacés, j'ai dit : « Je suis là », j'ai dit : « Tu peux compter sur moi », il a répondu qu'il savait. Pendant un moment, suspendu, comme hors du monde, nous nous sommes tenus debout, face à face. Les yeux soudés l'un à l'autre, nous avons échangé un serment muet. Quoi qu'il se passe, nous serions ensemble pour l'affronter.

C'est à cet instant précis, à cette seconde, que j'ai enfin compris ce que Solal représentait pour moi.

Il n'était pas juste mon ami, mon confident, mon soutien, le seul qui comprenait sans que j'aie besoin de parler. J'avais cru – j'avais voulu croire – que ce qui nous réunissait était notre expérience commune de la peur. Comment avais-je pu m'aveugler à ce point ? Parce que notre amitié s'était construite sur un drame, je m'étais interdit d'envisager autre chose.

J'avais eu tort. Ce que j'éprouvais était immense, ça me débordait de partout. Je l'aimais. J'avais envie de le dire à haute voix, de le crier même, là, tout de suite, pour que Solal l'entende.

Et puis, la musique s'est interrompue et c'était trop tard. L'instant était passé.

L'animateur a appelé les participants à rejoindre le départ. Nous marcherions en dernier. Les coureurs des dix et cinq kilomètres nous avaient précédés par vagues successives, ainsi que les enfants qui faisaient des circuits plus courts. La marche étant non chronométrée, nous étions libres d'avancer à notre rythme.

Le signal a été donné et nous nous sommes mis en mouvement. Papa avait loué un fauteuil roulant portatif. Pour l'instant plié, il le traînait derrière lui à la manière d'un chariot à bagages. De chaque côté de la route, une masse de gens inconnus nous saluaient, lançaient des encouragements.

J'avançais entre Lily-Rose et Solal, je n'avais pas lâché sa main. Ma meilleure amie m'a donné un petit coup d'épaule.

– Je le savais ! a-t-elle chuchoté.

– Tu ne sais rien du tout, ai-je répondu sur le même ton. C'est pas ce que tu crois.

– Je ne crois rien. Je me contente de voir.

Elle a eu une moue de connivence et je lui ai rendu son coup d'épaule. J'ai resserré mes doigts contre ceux de Solal, il a répondu d'une pression de paume. Il avait glissé son autre bras sous celui de sa mère. On avançait ensemble. Notre groupe est passé sous l'arche gonflable qui surplombait le parcours. Premier kilomètre.

J'ai eu un regard furtif en direction d'Arthur qui était devant nous. Encadré d'un côté par ses amis, de l'autre par les parents, il marchait d'un bon pas.

– Ça va ?

– T'inquiète pas pour moi. Je risque même d'arriver avant toi.

– C'est ce qu'on verra, ai-je grommelé.

Nous avons continué à progresser. Nous avons dépassé une autre arche, un groupe de musiciens jouait des morceaux pour marquer la nouvelle étape. Deuxième kilomètre. Je regardais mon frère fréquemment, pour vérifier que tout allait bien. Il portait sa sempiternelle casquette, mais dessous, on voyait que ses cheveux avaient repoussé. Maintenant, ils recouvraient son crâne d'un bon centimètre et étaient blond foncé. Bizarrement, ils frisottaient, alors qu'avant ils étaient raides comme des baguettes. Tout à coup, j'ai été saisie par sa ressemblance avec papa. Leurs yeux du même bleu, la même ligne des sourcils et le menton pareillement déterminé. Beaucoup disaient qu'il était le portrait de mon père et que moi, je ressemblais à maman. Est-ce que c'était vrai ? Je l'ai observée discrètement. Elle avait perdu cet air perpétuellement inquiet qui ne l'avait pas quittée pendant pratiquement un an. Ses yeux fatigués n'avaient pas retrouvé leur flamboyance, mais son visage s'éclairait d'un sourire qui m'a ensoleillé le cœur. Cela avait été si compliqué entre nous.

Je sais maintenant que les parents ne sont pas les personnes indestructibles que j'imaginais petite. Ils peuvent vaciller, s'écrouler même ; être défaillants. Ma mère avait fait comme elle avait pu, tout simplement. Alors que nous franchissions le troisième kilomètre, des images de la scène qui s'était déroulée quelques jours plus tôt se sont télescopées au moment présent.

C'était le mardi soir de cette semaine. Je rentrais tout juste du lycée. Arthur n'était pas encore revenu de son rendez-vous médical, le médecin devait confirmer qu'il n'y avait aucune contre-indication pour marcher les cinq kilomètres du parcours.

J'avais fourré mes chaussures dans le placard de l'entrée avant d'aller dans la cuisine boire un jus de fruit. Maman s'activait au-dessus de la plaque de cuisson, l'odeur de viande mijotée qui s'échappait de la vieille cocotte en fonte m'avait donné faim.

– Bonsoir, avait-elle dit en remuant la cuillère en bois dans la marmite.

– Salut.

Je m'étais assise sur le tabouret du comptoir – elle déteste quand j'emporte ma boisson dans ma chambre – et j'avais planté une paille dans mon verre.

Elle m'avait alors posé une série de questions auxquelles j'avais répondu sommairement.

– Ta journée s'est bien passée ?

– Ouais...

– Tu as eu des cours intéressants ?

– Comme d'hab.

– Tu as bien mangé à midi ?

– Ça va.

On rejouait cette scène plusieurs fois par semaine, comme deux comédiennes fatiguées de répéter le même rôle. Ma mère semblait exténuée. Elle avait repris son boulot de prof, à mi-temps, mais difficile de retrouver le rythme. Arthur était sorti de l'hôpital depuis près de deux mois, le collège se passait bien. Papa avait réintégré son poste de cadre et je ramais comme une folle pour garder le niveau, parce que je n'avais pas fichu grand-chose au premier trimestre. Moi qui pensais bêtement qu'une fois Arthur guéri, tout redeviendrait comme avant ! C'était loin d'être aussi simple.

À croire qu'on ne savait plus vivre une vie normale.

J'avais aspiré fort les dernières gouttes dans mon verre, encore un truc que ma mère ne supporte pas. Elle n'avait fait aucun commentaire, à peine une contraction des épaules tandis que ma paille émettait un désagréable bruit de succion. J'aurais pu continuer comme les autres jours. Racler bruyamment les pieds de ma chaise sur le sol, abandonner mon verre vide derrière moi, histoire de l'emmerder, puis m'enfermer dans ma chambre, loin d'elle, loin de nous. Pourtant, je ne l'avais pas fait. La réaction silencieuse de ma mère, cette crispation de tout son être qui me disait à quel point je l'énervais, avait provoqué en moi une avalanche intérieure. Toute l'amertume accumulée, tous les mots retenus à la lisière de mes lèvres avaient jailli de ma gorge pour sortir comme un geyser. J'avais attaqué :

– T'en as pas marre, de faire semblant de t'intéresser à moi ?

– Quoi ?

– Tu n'en as rien à foutre de comment s'est passée ma journée ! Tu t'en fiches pas mal de savoir ce que je ressens !

– Qu'est-ce que tu racontes ?

Une expression de surprise sincère s'était peinte sur son visage. Elle ne comprenait rien. Elle ne voulait rien comprendre. J'avais craché ma rancœur :

– Quand Arthur est tombé malade, tu ne m'as jamais interrogée sur ce que je foutais de mon temps. Tu n'en avais rien à battre, tu ne me supportais plus. Alors, pourquoi maintenant, tu fais genre, la mère parfaite qui se soucie de sa fille chérie ?

– Mais…

– Non ! l'avais-je interrompue. Tu n'es qu'une hypocrite. Une sale hypocrite qui ne s'est jamais demandé ce que ça me faisait, à moi, que mon frère risque de crever !

Ma mère avait pâli, des plaques rouges marbraient ses joues.

– Avoue-le, que tu ne t'es jamais posé la question ! Papa comptait sur moi. Toi, tu étais partie, et personne ne s'est soucié de savoir ce que je ressentais. J'étais toute *seule* !

Elle avait fait un pas dans ma direction, avec l'expression d'une personne qui s'est pris un morceau de ciel sur la tête. Mais je n'en avais pas terminé.

– Et quand vous avez décidé que tu resterais à la maison et que papa accompagnerait Arthur, ça a été encore pire !

– Ma douce… avait-elle murmuré.

Cette stupeur dans son regard.

J'avais jeté mes yeux par terre pour éviter les siens. Elle n'avait pas le droit de m'appeler ainsi, elle ne l'avait pas fait depuis des années. Je m'étais agrippée au comptoir derrière moi.

– J'avais l'impression de ne plus exister. Ou d'être un boulet que tu traînais alors que tu t'inquiétais pour Arthur.

Je m'étais tue d'un coup. Le silence, troué par le hoquet suffoqué de ma respiration, avait pris tout l'espace. J'aspirais l'air à grandes goulées comme si j'avais failli me noyer. Lentement, ma mère m'avait relevé le menton pour accrocher mon regard. La rougeur s'était étendue à tout son visage. Elle avait parlé d'une voix tremblante.

– Tu as raison, je n'ai pas été là pour toi. Je t'ai laissée tomber. J'ai été lamentable… Jamais je n'aurais cru devoir affronter ça. Je ne savais plus… J'aurais dû… (Elle avait inspiré.) Je suis désolée.

Je suis désolée.

Les mots avaient résonné dans le vide de la cuisine, avaient déchiré mon ventre qui s'était dénoué d'un coup. Des larmes brûlantes avaient jailli tandis qu'elle me prenait dans ses bras et que je la laissais faire.

– J'avais si peur, avais-je soufflé, la figure nichée dans son cou.

Elle avait resserré son étreinte, très fort.

– J'avais peur aussi, avait-elle murmuré.

À cet aveu, une tristesse incommensurable s'était substituée à ma colère. J'avais fermé les yeux.

– Je suis désolée, avait-elle dit encore.

Dans le berceau de ses bras, je m'étais rappelé quel genre de mère elle pouvait être. Le genre à avoir une épaule en Kleenex dans laquelle on enfouit son nez pendant qu'elle vous caresse la tête. Le genre qui m'avait tellement, tellement manqué.

Je m'étais aperçue que tout ce que je voulais depuis des mois, c'était qu'elle me tienne dans ses bras de cette manière.

La pluie m'a fait émerger de mon souvenir.

Mouillés. J'avais les cheveux mouillés. L'eau a ruisselé dans mon cou, trempant mes vêtements en quelques minutes. J'ai levé les yeux vers le ciel. Les nuages, lourds et sombres, avaient fini par crever et l'averse s'était abattue sur nous alors que nous atteignions l'arche signalant le quatrième kilomètre. Subrepticement, nous avions ralenti l'allure. Arthur ne paraissait pas bien du tout, et ce n'était pas seulement à cause de la pluie.

– Ça fait trois fois que ta mère lui propose le fauteuil, a commenté Lily-Rose.

Il a entendu la remarque et lancé sans se retourner :

– Je peux tenir jusqu'au bout !

– Il est têtu comme un mulet, ce gosse, ai-je marmonné.

– On se demande de qui il tient...

J'ai lâché la main de Solal et repoussé ma frange. D'un pas décidé, je me suis portée à la hauteur de mon frère et j'ai crié « Stop ! ». Têtu ou pas, il allait devoir m'écouter. Notre groupe s'est arrêté en plein milieu de la route. Les marcheurs qui nous suivaient nous ont dépassés en nous contournant.

– Arthur...

Il a tourné vers moi son visage rougi par l'effort. L'averse a cessé, aussi brusquement qu'elle avait commencé.

– Arthur, tu n'en peux plus, là. Il faut utiliser le fauteuil.

– Non !

Mon père est intervenu.

– On a passé un accord, tu te rappelles ? Le fauteuil en renfort au cas où tu fatigues trop.

Arthur a résisté, sourcils froncés.

– Je peux continuer.

– Tu peux ou tu veux ?

– C'est pareil !

Il était au bord des larmes. J'ai repris, plus doucement :

– Arthur, on est tous avec toi. S'il le fallait, on te porterait sur nos épaules pour que tu termines cette marche.

– Mais je veux être debout quand on franchira l'arrivée ! C'est hyper important que je sois debout !

– D'accord, a fait ma mère d'un ton calme. Écoute-moi : tu finis ce dernier kilomètre en fauteuil, et tu te relèves juste avant la fin. Qu'est-ce que tu en dis ?

Mon frère a essuyé son front en sueur et a capitulé.

– OK...

Papa a déplié le fauteuil. Arthur s'y est installé sans pouvoir dissimuler un soupir de soulagement. Le public derrière les bandeaux de sécurité l'a applaudi. Une femme entre deux âges s'est égosillée :

– Allez petit, tu y es presque !

D'autres voix l'ont encouragé en écho.

– En avant toute ! a dit mon père, et on est repartis de plus belle.

Dans le ciel, les nuages de ce presque printemps avaient pris la forme de légers plumets blancs. La lumière du soleil après la pluie a éclairé le goudron luisant. L'air semblait plus pur, il avait une consistance spéciale. Une clameur s'est élevée, la guirlande de spectateurs sifflait, encourageait Arthur tandis que le fauteuil glissait vers son but.

J'ai regardé Solal, émue. Sa mère a brandi un poing victorieux, nous avions presque atteint l'arrivée.

Comme il l'avait promis, papa a arrêté le fauteuil un mètre avant la limite. Arthur s'est levé. Il avait retrouvé des couleurs, et son sourire. Sans trembler, il a fait les quelques pas qui restaient. Il a franchi la ligne.

Un grondement a envahi mes oreilles, comme le bruit de la mer. Maman a dit quelque chose que je n'ai pas compris. Elle m'a enlacée. Mon père a embrassé mon frère, Mathilde et Théo les ont entourés en sautillant de joie. Lily-Rose a pressé ses lèvres sur celles de Maxime, Solal a serré sa mère contre lui. Ils se sont tenus ensemble, les mains blanchies de trop s'étreindre, unis par la promesse de se battre encore, toujours.

Mes oreilles se sont remises à marcher, j'ai entendu des « Bravos » par vagues autour de moi, les spectateurs applaudir. J'ai cligné des paupières pour chasser les larmes qui se pointaient et croisé le regard de mon frère. Dans ses yeux brillait la même émotion que la mienne.

Il avait réussi. Nous avions réussi.

Chapitre 32
VIVIANE

Plus tard, bien plus tard, lorsque je repenserais à cette journée, je ne me rappellerais ni la tiédeur de mars, ni mes membres gourds, ni le bruissement de la foule. Seuls resteraient des instants magiques, comme autant de notes de musique qui s'étaient assemblées pour former une harmonie parfaite.

Victoire, fierté. Joie. Union.

De cette journée, je me souviendrais aussi d'un autre moment. Ce moment si doux et si terrible où j'ai promis à Solal de l'accompagner sur la route difficile qui l'attendait. Ce moment où j'ai découvert que je l'aimais.

Je l'aimais, non parce qu'il me comprenait ou parce que sa douleur venait des mêmes profondeurs que les miennes.

Je l'aimais parce qu'il était lui.

J'aimais son côté sérieux et le geste machinal qu'il avait de remonter ses lunettes quand il était troublé. Son sourire éclatant qui lui creusait une fossette dans la joue gauche, son rire franc et communicatif. Sa sagesse durement acquise. La faille dans ses yeux aussi.

Je l'aimais comme une dingue et je n'étais pas fichue de le lui dire.

Mes sentiments restaient tapis dans le secret de mon cœur, bien planqués sous des couches de « je ne peux pas, et s'il me jetait ? » Je me racontais que je risquais de gâcher notre amitié, qu'il se retrouverait seul si je foutais tout en l'air, qu'il avait besoin d'une amie avant tout. Conneries. La vérité, c'est que j'avais autant besoin de lui que lui de moi. Il faisait partie de mon paysage depuis un an déjà, et je crevais de trouille de le perdre.

Ça a duré comme ça jusqu'à ce vendredi soir du mois de juin, après une séance intensive de natation. Depuis la reprise du traitement de sa mère, Solal avait renoncé à ses deux autres entraînements hebdomadaires pour ne pas la laisser seule. Elle avait dû insister pour qu'il ne lâche pas le club, et je calais mes horaires sur les siens. Nous nous retrouvions ainsi chaque semaine pour un pot, dans ce qui était devenu « notre bar ».

Cette fois, c'était différent. En deux brasses puissantes, il a traversé la largeur du bassin pour rejoindre mon couloir de nage.

– Il faut que je te parle. Tu viens chez moi ?

Son ton solennel m'a alertée. Ses yeux dissimulés derrière les lunettes de piscine ne me révélaient rien. Généralement, quand un mec vous balance ce genre de phrase, c'est pour vous plaquer, non ? Vu qu'on ne sortait pas ensemble, je me suis demandé s'il voulait rompre notre amitié. Peut-être qu'il en avait marre de cette relation floue, entre deux eaux ? Un peu paniquée, je me suis rhabillée à toute allure, il m'attendait à l'extérieur.

Le soleil de juin tapait dur, je sentais ma peau cramer et la sueur dévaler mon dos. Solal se taisait, marchait vite et je peinais à suivre son rythme. Tandis que mon corps filait à travers les rues, mon esprit s'enfonçait dans la crainte. Qu'est-ce qui se passait, bon Dieu ? Je ne l'avais jamais vu dans cet état !

Quand on est entrés chez lui, une pénombre fraîche nous a avalés tout entiers. J'ai cligné des yeux pour accommoder ma vue. J'étais venue à plusieurs reprises ici après Odysséa. J'ai coulé un regard vers le salon où on avait partagé un joint et nos premières confidences, cette fameuse nuit où j'avais fugué. À bien y réfléchir, est-ce que ce n'était pas ce soir-là que j'avais commencé à l'aimer ?

J'ai suivi Solal qui a chuchoté « Elle dort » en passant devant une porte close. Inutile de préciser qu'il parlait de sa mère. Je l'avais rencontrée un tas de fois au cours de ces derniers mois. C'était une petite femme tout en angles et en sourires. En dépit des séances de chimio, qui rythmaient ses journées comme un métronome trop bien réglé, elle avait toujours une force au-dedans d'elle, sa mère. Comme un arbre rachitique qui tient debout dans la tempête. Je l'appréciais beaucoup.

De sous sa porte, aucun trait de lumière, seulement des relents de médicaments et de renfermé qui flottaient jusque dans le couloir. Nous avons monté l'escalier, Solal disposait de tout l'étage pour lui. Sans étonnement, j'ai constaté que sa chambre était parfaitement rangée. Le lit était fait, la couette ne formait aucun pli. La pastille blanche de la fenêtre entrebâillée trouait l'obscurité, mais aucun filet d'air ne passait. Sous les combles, la chaleur était étouffante. Solal m'a fait signe de m'asseoir sur le lit, j'ai obéi, il s'est posé en face de moi sur sa chaise de bureau. Il avait l'air triste et effrayé et dur, tout cela à la fois. Au bout d'un temps qui m'a paru infini, sa mâchoire s'est contractée et il a enfin parlé :

– Ils arrêtent le traitement. C'est terminé.

– Quoi ? (J'ai secoué la tête, aspiré une bouffée d'air chaud.) C'est pas possible… tu ne dois pas perdre espoir !

– Elle entre en soins palliatifs à la fin de la semaine.

La voix de Solal était blanche et vide. Elle était terrifiante. J'ai esquissé un mouvement, mes mains tendues vers lui. Non.

Il s'est mis à chialer, sans bruit, des sanglots secouant ses épaules, je n'avais jamais rien vu d'aussi affreux que ce chagrin silencieux. Les verres de ses lunettes se sont recouverts de buée et il les a enlevées, a levé vers moi un visage ravagé. Il paraissait si vulnérable.

– Qu'est-ce que je vais devenir sans elle ?

Ses yeux fous quêtaient une réponse que je n'avais pas. Alors, j'ai sorti le premier truc qui m'est venu à l'esprit.

– Elle sera toujours là, avec toi. C'est ta mère.

C'était sans doute très con, une de ces phrases clichés qu'on balance à ceux qui perdent un de leurs proches. Sauf que j'en pensais chaque mot, profondément. Si Arthur était mort, il ne m'aurait pas quittée tout à fait. Jamais. Je le savais au plus profond de mes tripes.

J'ai ajouté :

– Je serai là aussi. Si tu plonges, je plonge avec toi.

Il a pleuré encore un moment, puis s'est essuyé les paupières du plat de la main.

– Tu es une coriace, toi. Tu ne lâches pas facilement.

– Je te rappelle que quand je partais en vrille, tu m'as poursuivie jusque dans les toilettes.

Il a reniflé sans parvenir à sourire.

– Tu viendras avec moi à l'hôpital ?

J'ai tendu le bras vers lui, posé ma paume sur sa joue.

– Oui.

Il a recouvert ma main de la sienne. Sa peau a brûlé ma peau. Les yeux encore liquides, il a chuchoté mon prénom. Il a fait rouler sa chaise plus près de moi, ses jambes ont touché mes genoux. J'ai senti une sorte de frisson électrique passer de lui à moi. Un rai de lumière éclairait le haut de son visage, je pouvais voir des petites taches dorées au fond de ses yeux.

– Viv, Viv, a-t-il répété, et je ne savais plus s'il m'appelait moi, ou s'il était question de la vie, qui est quand même une foutue galère.

Les prunelles plantées dans les miennes, il a attendu que je réponde à sa demande muette. J'ai passé ma main derrière sa nuque et j'ai laissé les gestes venir librement. Ma bouche s'est approchée de son visage, j'avais l'impression de sauter d'une falaise à pic dans un océan déchaîné. Nos souffles se sont mélangés, mes lèvres contre ses lèvres, et puis l'abîme.

C'était un désir à la mesure de la douleur. Beau, violent, vivant.

De mes doigts, j'ai fouillé ses boucles trop longues, l'ai attiré plus près. Ses jambes ont encadré les miennes, il s'est penché sur moi et nous nous sommes retrouvés allongés sur le lit. Le baiser, d'abord doux, s'est fait plus rude. Langues mêlées, entrechoquement des dents. Haletante et le cœur en bataille, j'ai abandonné sa bouche, goûté la peau tendre, juste sous la mâchoire. Ses larmes avaient séché dans son cou qui avait un goût salé. Il a gémi, doucement. Je me suis arrêtée et il s'est redressé sur un coude pour me dévisager.

– Qu'est-ce qu'on fait, là, putain ?

Le regard brûlant, il a caressé ma joue moite, a dégagé de mon front une mèche de cheveux collée.

– On fait n'importe quoi, ai-je soufflé. Et je ne sais pas pourquoi on a attendu aussi longtemps pour ça.

ÉPILOGUE

Arthur

Tu conduis vite, les mains posées sur le volant de ta vieille Clio verte. La vitre est entrouverte, le vent chaud de juillet fait voler tes cheveux lâchés sur tes épaules. Le soleil se déverse dans la voiture en même temps que la musique, à fond la caisse. Assis sur la banquette arrière, je t'écoute chanter à tue-tête. Ta voix, profonde et un peu rauque, me file la chair de poule. Ça fait un moment déjà que tu te produis en public, dans des bars et dans des petites salles. La fac, les études de lettres, c'est le plan sécurité pour rassurer les parents. Je sais que c'est la chanson qui te fait vibrer, comme la voltige pour moi. Un jour, peut-être que tu réaliseras ce rêve, tout est possible.

J'aime la douceur, j'aime que ça morde, chantes-tu.

Les mots slamés me touchent au cœur, tu les poses en rythme, précise, impérieuse, avec comme une petite douleur au fond de la voix.

Solal, assis à l'avant, n'a d'yeux que pour toi. Il baisse le son de la radio pour mieux t'entendre. Tu termines le morceau *a cappella*. C'est beau.

Bientôt, le ranch se profile. On est passés devant des maisons isolées et la route s'est transformée en chemin. La campagne est dorée, partout des champs de blé, la poussière vole et éclabousse le capot. M. Benoît nous accueille en souriant. Il me serre contre lui, il me prend encore pour un gosse. Tu étires tes bras, tes jambes sont ankylosées, sept cents kilomètres, ça n'est pas rien. Solal effleure ton dos d'une main légère. Tu le regardes furtivement, tu es heureuse de partager cela avec lui.

L'année suivant ma rémission, M. Benoît t'a proposé de venir passer quelques jours avec moi dans son domaine. Vous étiez restés en contact, il te demandait de mes nouvelles. Après avoir bataillé pour persuader nos parents, tu as réussi à les convaincre qu'à dix-sept ans, tu étais assez responsable et mature pour t'occuper de moi. Comme tu avais pas mal morflé pendant l'année, avec Solal qui avait eu besoin de toi, ils ont fini par accepter. Ils ont pensé, avec raison, que ça nous ressourcerait tous les deux.

Nous avons pris le train et j'ai fait la connaissance des chevaux de M. Benoît. Dans le centre créé pour accompagner les personnes en situation de handicap, il y a toutes sortes d'animaux. Mais surtout, il y a Zahir.

Je crois que tu as été aussi émue que moi de le retrouver. Il nous a tellement apporté, à un moment crucial de notre vie.

Nous venons donc ici chaque année, un peu comme un pèlerinage, et pour nous rappeler toujours que les petits bonheurs font les grandes rivières.

Après une pause dans sa cuisine spacieuse, M. Benoît nous propose de rejoindre le corral. Comme à chacune de nos rencontres, Zahir s'approche de moi sans que je l'appelle. Tu glisses ta main le long de son chanfrein. Il hennit de satisfaction quand tu lui offres des morceaux de la pomme que tu avais apportée à son intention. Lui et toi êtes devenus potes, tu as des arguments convaincants.

Tu t'accoudes à la barrière et tu m'observes tandis que je selle le cheval. Le mors, le filet, le tapis de selle, le surfait, c'est tout un cérémonial. Nos regards se croisent, tu me souris...

Viviane

... tu me souris, et tous les mots qu'on ne se dit pas résonnent à l'intérieur de nous. M. Benoît est à la longe, tu te mets en selle au pas, quelques tours au trot, Zahir et toi seuls au monde sur la piste. Tes mains sont sûres, tu serres les genoux. Dans tes cuisses, tu sens la cadence répétée des foulées qui se déploient. Le galop s'allonge pour prendre sa puissance. Tu savoures de tout ton corps l'air grisant dans tes poumons, le vent qui fait voler tes boucles lâches, l'odeur brute de ta monture.

Il t'a fallu du temps pour réduire la ligne de fracture que la leucémie a tracée dans ta vie. Le garçon que tu étais, avant, s'est effacé pour se transformer en un autre. Tu es devenu celui d'après. D'après la douleur, d'après la violence faite à ton corps d'enfant.

Après cet interminable voyage entrepris jusqu'ici, il y a ceux que tu as laissés derrière toi ; il y a ceux aussi qui t'ont accompagné sur ton chemin. Cinq ans ont passé, les médecins te considèrent comme guéri. Est-ce qu'ils ont raison ? La vie est sillonnée de tant de possibles. D'espoirs et de désenchantements, de chagrins et de fous rires ; de victoires aussi, tu le sais bien.

Le *tempo* de la course ralentit, j'entends sa musique dans ma tête. Solal est derrière moi, il se tient à distance. D'un geste, je l'invite à se rapprocher. Ses bras m'enlacent, ceignent ma taille, forment un rempart. Au bout de sa longe, Zahir galope, la lumière sur sa robe, brillante. D'un claquement de langue, M. Benoît communique avec lui pour qu'il maintienne son rythme régulier. D'un bond, tu sautes à terre et le temps d'un tour complet, tu observes le cheval, son dos souple et élastique, ses postérieurs bien engagés. Tu cours vers lui, et durant quelques secondes, tu cales ton allure sur la sienne. Tes mains saisissent les poignées du surfaix, tu prends un appel des deux pieds, et d'une torsion sèche du bassin, tu te hisses sur son dos. Toujours au galop, tu enchaînes les figures, l'étendard, le pendu sur l'encolure, les ciseaux. En toi remontent des émotions profondes, tristesse, peur, joie mêlées. M. Benoît hoche la tête pour te dire que c'est le moment. Tu es prêt. Solal resserre son étreinte, je m'appuie contre lui, je n'ai pas peur pour toi, j'ai confiance.

Toujours au galop, tu te mets à genoux, puis accroupi, enfin tu lâches les poignées en te redressant. Les pieds presque parallèles épousent la cadence, le cheval est ton métronome. Alors, debout, les jambes un peu fléchies, tu écartes les mains. Tes larmes coulent, mais ce ne sont pas des larmes tristes. Aujourd'hui, tu ne tomberas pas. Demain peut-être. Qu'importe ? Tout est équilibre.

Les bras en croix, tu es détaché et libre, et en même temps relié à tout. Tu embrasses le monde qui s'offre à toi.

REMERCIEMENTS

Mille mercis

À Dominique et Blandine, mes sœurs. Le fil qui nous relie est indestructible.

À Fanny et Vanessa, ma famille de cœur.

À Caroline et Vincent pour leur lecture experte.

À Mélanie Perry pour sa confiance et sa sensibilité ; à Michèle Moreau, Camille Cortellini, Lauriane Isaac, Louise Brouilhet, Chris Le Coquet et toute la super équipe de Didier Jeunesse.

Hommage et remerciement à tout le personnel soignant.

Chaque année, l'association Odysséa organise des circuits de courses et de marches à pied dans toute la France. Le but est de collecter des fonds pour la recherche contre le cancer du sein, promouvoir l'importance du dépistage et accompagner les malades et leurs familles.

https://odyssea.info/qui-sommes-nous-odyssea/

© Audrey Dufer

Après des études de lettres, **Delphine Pessin** devient enseignante puis autrice. C'est avec bonheur qu'elle conjugue ses deux activités (facile, elle est prof de français !). Ses romans parlent du vivre-ensemble, avec sérieux ou fantaisie. En 2018, elle est l'une des lauréates du concours d'écriture Émergences, organisé par la Charte des auteurs et illustrateurs jeunesse.

De la même autrice, chez Didier Jeunesse

Deux fleurs en hiver

Delphine Pessin

L'une, Capucine, a décidé d'effectuer son stage dans un Ehpad. Elle change de couleur de perruque en fonction de son humeur et au fil des découvertes du métier d'aide-soignante. L'autre, Violette, est une vieille dame déboussolée qui vient d'arriver à l'Ehpad. Émue par le désarroi de Violette, Capucine fait des pieds et des mains pour lui redonner le sourire. Leur rencontre va dynamiter la vie plan-plan de la maison de retraite et bousculer leurs cœurs en hibernation !

La voix de Patricia s'est insinuée dans ma conscience.
Tu dois garder une distance, ne pas trop t'impliquer.
Je faisais tout le contraire.
Quand j'ai rencontré Mme Florent, elle venait d'arriver au Bel-Air. Elle avait l'air paumé d'une taularde qui se demande ce qu'elle a bien pu faire pour se retrouver là. Des fois, elle râlait, mais pas très souvent. Elle restait cloîtrée dans sa chambre, à regarder dehors, avec dans les yeux comme une envie de fin du monde. Alors, le jour où elle a pris l'initiative de se confier à moi, je n'ai pas pu faire autrement.

Cet ouvrage a reçu le soutien du Centre national du livre.

13, rue de l'Odéon
75006 Paris
www.didier-jeunesse.com
Illustration de couverture : Frédérique Renoust
Composition, mise en pages et photogravure : IGS-CP (16)
ISBN : 978-2-278-10052-1 • Dépôt légal : 0052/01
N° d'impression : 2104158
Loi n° 49-956 du 16 juillet 1949 sur les publications destinées à la jeunesse

Achevé d'imprimer en France, à Lonrai, en septembre 2021 chez Normandie Roto Impression s.a.s.,
imprimeur labellisé Imprim'Vert, sur papier composé de fibres naturelles renouvelables,
recyclables, fabriquées à partir de bois issus de forêts gérées durablement.